COLLECTION FOLIO

Francis Scott Fitzgerald

Une vie parfaite

suivi de

L'accordeur

Traduit de l'américain par
Suzanne Mayoux

Gallimard

Ces nouvelles sont extraites du recueil *La fêlure*
(Folio n° 1305).

Francis Scott Fitzgerald est né le 24 septembre 1896 à Saint Paul dans le Minnesota. Malgré ses origines modestes, il entre dans la prestigieuse université de Princeton et découvre le monde des riches qui le fascinera toujours en même temps qu'il s'en sentira rejeté. C'est le thème de *Gatsby le Magnifique* en 1925 et de *Tendre est la nuit* en 1934. De l'époque de Princeton, il garde deux regrets : de n'avoir pas pu faire partie de l'équipe de football et que la guerre ait fini trop tôt pour qu'il ait lui aussi franchi l'Atlantique dans le corps expéditionnaire américain. La chance lui sourit avec son premier roman, *L'envers du paradis*, qui paraît en 1920 et fait scandale au lendemain de la Première Guerre mondiale, comme le manifeste d'une génération. Scott Fitzgerald décrit la vie nouvelle, libre, hardie de la jeunesse. Le jeune provincial du Middle West, fraîchement débarqué, a écrit sans le savoir une bible, celle de l'âge du jazz. Il devient aussitôt le porte-parole des *flappers*, les danseuses de charleston aux cheveux courts et aux genoux nus. Riche et célèbre, il épouse la fille qu'il convoitait, la belle Zelda Sayre. En 1922, il publie *Les heureux et les damnés*, histoire d'un jeune artiste qui se perd dans la dissipation. Quelques années plus tard, il publie *Gatsby le Magnifique* dont le héros est un riche parvenu qui meurt dans la solitude sans jamais avoir pu se faire complètement accepter par l'« aristocratie », les riches de naissance. Mais la gloire de Fitzgerald ne dure que le temps des années folles et, après la crise de 1929, son univers passe de mode. Toujours à court d'argent, il écrit de nombreuses nouvelles dont les meilleures sont réunies dans *Les enfants du jazz* (1922) et *Un diamant gros comme le Ritz* (1935). Il travaille comme scénariste à Hollywood, oublié et miné par la maladie et l'alcool. Zelda, devenue folle, a dû être internée. Il s'inspire de leur déchéance dans *Tendre est la nuit*, pour raconter la désagrégation d'un couple qui est aussi celle d'une société. Francis Scott Fitzgerald meurt d'une crise cardiaque en décembre 1940, laissant un beau roman inachevé : *Le dernier nabab*, l'histoire d'un jeune producteur hollywoodien, amoureux fou de l'insaisissable Kathleen qui ressemble étrangement à son épouse disparue.

Découvrez, lisez ou relisez les livres de Francis Scott Fitzgerald :

LES ENFANTS DU JAZZ (Folio n° 1052) -

LA FÊLURE (Folio n° 1305)

LA FÊLURE ET AUTRES NOUVELLES (Folio Bilingue n° 124)

LES HEUREUX ET LES DAMNÉS (Folio n° 1583)

LE DERNIER NABAB (Folio n° 2002)

L'ENVERS DU PARADIS (L'Imaginaire n° 27)

LA SORCIÈRE ROUSSE *précédé de* LA COUPE DE CRISTAL TAILLÉ (Folio 2€, n° 3622)

UNE VIE PARFAITE

I

Quand il entra dans le réfectoire, un peu fatigué, mais au frais et à l'aise dans ses vêtements, après la douche, toute l'école se dressa, applaudit et acclama, jusqu'à ce qu'il se fût laissé tomber sur sa chaise. D'un bout à l'autre de la table, les élèves se penchaient en avant pour lui sourire.

— Beau travail, Lee. Ce n'est pas ta faute si nous n'avons pas gagné.

Basil savait qu'il avait bien joué. Jusqu'au dernier coup de sifflet, il avait senti l'énergie dépensée se renouveler miraculeusement après des efforts exténuants. Mais il ne pouvait se rendre compte de l'étendue de son succès, et il ne retenait que de petits épisodes ; ainsi, le moment où le grand avant chevelu d'Exeter s'était dressé au milieu de la ligne en criant : « Occupons-nous de ce quart, c'est un froussard ! » sur quoi Basil avait répliqué : « Froussard ? Et ta sœur ? » et le centre avait souri, sachant que c'était faux. Pendant cette heure divine, les corps n'avaient plus eu de poids, ni de force, Basil en supportait l'entassement sur lui, il se jetait contre eux sans en sentir le choc, impatient seulement de se retrouver debout sur ses pieds, de dominer de nouveau le terrain vert. À la fin de la première mi-temps, il s'échappa pour un cinquante mètres et une touche, mais elle venait après le coup de sifflet et le point ne fut pas accordé. Ce fut, pour Saint-Regis, le grand moment du match. Très inférieurs en poids, ils s'effondrèrent subitement dans le dernier quart d'heure, et Exeter marqua deux buts, en s'estimant heureux de triompher d'une école où, pourtant, le poids minimum n'était que de soixante kilos[1].

Après le déjeuner, comme les élèves quit-

1. Il s'agit ici du football américain, sans rapport avec celui qu'on pratique en France, et beaucoup plus violent *(N.d.T.)*.

taient en foule la salle à manger, l'entraîneur d'Exeter s'approcha de Basil et dit :

— Lee, c'est à peu près le meilleur match que j'aie jamais vu faire par un arrière d'école secondaire — et j'en ai vu beaucoup.

M. Bacon l'appela d'un signe. Il était avec deux anciens élèves de Saint-Regis, venus de Princeton pour la journée.

— Quel match passionnant, Basil. Nous sommes tous très fiers de l'équipe, et... euh... de vous tout spécialement. Ainsi que de tous les autres, se hâta-t-il d'ajouter comme si la louange lui paraissait indécente.

Il lui présenta les deux anciens. Basil connaissait l'un d'eux, John Granby, de réputation. Il passait pour être un « grand type » à Princeton — sérieux, droit, beau garçon, le sourire gentil, de grands yeux bleus sincères. Il avait eu son diplôme à Saint-Regis avant que Basil y entrât.

— C'était du joli travail, Lee ! (Basil protesta modestement.) Je me demande si vous auriez un moment, cet après-midi, pour que nous bavardions tous les deux.

— Mais bien sûr, monsieur, dit Basil, flatté. Quand vous le désirez.

— Nous pourrions faire un tour vers trois heures ? Mon train part à cinq heures.

— Avec joie.

Il était aux anges en montant dans sa chambre du pavillon des classes terminales. À peine un an plus tôt, il était peut-être le garçon le plus impopulaire de Saint-Regis — « Gros malin ». Il n'arrivait plus que rarement à des élèves de l'appeler étourdiment « Gros malin », et ils se corrigeaient aussitôt.

Un petit se pencha à une fenêtre du pavillon Mitchell au moment où il passait et lui cria « Bravo ! ». Le jardinier noir, en train de tailler une haie, gloussa et lui lança : « Vous les avez p'esque battus tout seul ! » M. Hicks, directeur du pavillon, cria : « Ils auraient dû t'accorder la touche ! C'est scandaleux ! » quand Basil passa devant sa porte. C'était une froide journée d'octobre, d'or bleui par les brumes de l'été de la Saint-Martin ; un temps qui l'incitait à rêver de splendeurs futures, de triomphales descentes en ville, d'idylles romantiques avec des créatures mystérieuses, à peine mortelles. Dans sa chambre, il se livra à un rêve ambulatoire, marchant de long en large et répétant tout seul des bouts de phrases : « Par un arrière d'école secondaire, et j'en ai vu beaucoup... », « Froussard ? Et ta sœur ? », « Tu fais ça encore une fois et je te botte les fesses... »

Il se mit à se tordre de rire sur son lit. L'objet de cette menace était venu présenter des excuses pendant la pause — c'était Pork Corrigan, qui, pas plus tard que l'an dernier, l'avait pourchassé de bas en haut de l'escalier.

À trois heures, il retrouva John Granby et ils s'engagèrent sur la route du Grunwald Pike, le long d'un mur rouge interminable qui suggérait toujours à Basil, par les matinées ensoleillées, des aventures dans le genre des « Grands Chemins ». John Granby parla un moment de Princeton, mais il renonça en se rendant compte que Yale était un idéal abstrait enraciné dans le cœur de Basil. Au bout d'un moment, une expression lointaine, un sourire qui semblait le reflet d'un monde autre et plus lumineux, éclaira son beau visage.

— Lee, j'aime Saint-Regis, dit-il tout à coup. J'ai passé ici les années les plus heureuses de ma vie. J'ai, envers ce collège, une dette dont je ne pourrai jamais m'acquitter.

Basil ne répondit pas et Granby se tourna brusquement vers lui.

— Je me demande si tu te rends compte de ce que tu pourrais faire ici.

— Qui ? Moi ?

— Je me demande si tu comprends l'effet sur l'école tout entière du match merveilleux que tu as joué ce matin.

— Je n'ai pas si bien joué que cela.

— C'est bien de toi, ce que tu dis là, déclara Granby avec emphase, mais ce n'est pas vrai. Quoi qu'il en soit, je ne suis pas ici pour chanter tes louanges. Je me demande simplement si tu te rends bien compte de ton pouvoir. Je parle de celui d'inciter tous les garçons à mener une vie propre, droite, honnête.

— Je n'ai jamais pensé à cela, dit Basil, saisi. Je n'ai jamais réfléchi à...

Granby lui tapa sur l'épaule.

— Depuis ce matin, une responsabilité

t'échoit, à laquelle tu ne peux te soustraire. Dorénavant, chaque élève de cette école qui s'en va fumer des cigarettes derrière le gymnase, qui pue la nicotine, tu en es un peu responsable ; ceux qui jurent, ceux qui s'entraînent à prendre le bien d'autrui en volant du lait et les stocks de nourriture dans les cuisines, la nuit, tu en es un peu responsable.

Il se tut. Basil regardait tout droit devant lui, les sourcils froncés.

— Mince ! dit-il.

— C'est sérieux, continua Granby, les yeux brillants. Tu as là une occasion qui se présente à fort peu de garçons. Je vais te raconter une petite histoire. À Princeton, je connaissais deux étudiants qui gâchaient leur vie à boire. J'aurais pu dire : « Ce n'est pas mon affaire », et les laisser se détruire à leur gré, mais quand j'ai fait mon examen de conscience, je me suis aperçu que je ne le pouvais pas. Je suis donc allé les trouver franchement, et je les ai entrepris, sans détour ; ces deux garçons — l'un d'eux, tout au moins — n'ont plus touché une goutte d'alcool depuis lors.

— Mais je ne crois pas que qui que ce soit boive, au collège, objecta Basil. Enfin, il y avait un certain Bates, qui s'est fait mettre à la porte l'an dernier...

— Peu importe, intervint Granby. Fumer conduit à boire, et boire conduit à... pire.

Granby parla pendant une demi-heure, et Basil l'écouta ; le mur rouge du bord de la route et les branches lourdes de pommes au-dessus de sa tête lui semblaient perdre de leur couleur de minute en minute, à mesure que ses pensées se tournaient vers l'intérieur. Il était profondément impressionné par ce qu'il considérait comme le bel altruisme de ce jeune homme, qui chargeait ses épaules du fardeau des autres. Granby manqua son train, mais il dit que cela n'avait pas d'importance s'il avait réussi à inculquer à Basil le sens de ses responsabilités.

Basil rentra chez lui, grave et convaincu. Jusqu'à ce jour, il s'était toujours vu plutôt en noir ; à la vérité, le dernier en date des héros à qui il lui eût plu de s'identifier, c'était Hairbreadth Harry, personnage de l'illustré qu'il lisait à dix ans. Il méditait souvent, mais c'étaient d'obscures réflexions, qui ne portaient jamais sur des questions de morale. La seule véritable influence modératrice dans son propre cas était celle de la peur — peur d'être déchu de la réussite et du pouvoir.

Mais cette rencontre avec John Granby arrivait à un moment décisif. Après le triomphe de ce matin, la vie au collège lui semblait bien maigre — ce qui était nouveau. Être parfait, admirable au fond autant qu'en apparence — comme disait Granby, il fallait avoir une vie parfaite. Granby lui en avait esquissé le portrait, non sans insister quelque peu sur ses avantages matériels, tels que l'influence et les honneurs à l'université, et l'imagination de Basil le projetait déjà loin dans l'avenir. Quand il serait désigné comme le dernier à entrer en jeu pour le « Skull and Bones » à Yale, et qu'il secouerait la tête avec un beau sourire grave, non sans rapports avec celui de John Granby, en montrant un autre joueur qui y tenait plus que lui, un sanglot soulèverait la foule assemblée. Ensuite, rendu à la vie publique, quand il ferait face à la nation, de l'estrade inaugurale dressée sur les marches du Capitole, et que, tout autour, son peuple lèverait vers lui le visage de l'admiration et de l'amour...

Tout en méditant, il consomma distraitement une demi-douzaine de crackers, plus une bouteille de lait, restes d'une expédition aux cuisines la nuit précédente. Il songea vaguement que c'était là une des choses auxquelles il renonçait, mais il avait très faim. Tout de même, il interrompit pieusement le cours de ses réflexions, le temps de terminer sa collation.

Devant sa fenêtre, les voitures qui passaient trouaient de faisceaux de lumière le crépuscule d'automne. Il y avait dans ces automobiles de grands joueurs de football et de ravissantes débutantes, de mystérieuses aventurières et des espions internationaux — des gens riches, gais, séduisants, qui allaient vers de brillants rendez-vous à New York, à des bals élégants, dans des cafés secrets, des jardins suspendus éclairés par la lune automnale. Il soupira ; peut-être pourrait-il plus tard inclure dans son programme ces ambitions plus romantiques. Être plein d'esprit et de talent pour la conversation, et, simultanément, fort, sérieux, silencieux. Être généreux, ouvert, prêt à se sacrifier, mais néanmoins mystérieux, sensible, et même un peu mélancolique et amer. Être à la fois lumière et ombre. Harmoniser, fondre tout ceci en un seul homme — ah, voilà qui valait d'être réalisé. La seule idée d'une telle perfection cristallisa sa vitalité en une ambition extatique. Un moment encore, il suivit mentalement les lumières qui filaient vers la ville, puis, résolument, il se leva, posa sa cigarette sur le rebord de la fenêtre, alluma la lampe de bureau et commença à dresser la liste des exigences d'une vie parfaite.

II

Un mois plus tard, George Dorsey, ayant entrepris la tâche pénible de faire visiter à sa mère les dépendances du collège, atteignit le coin relativement retiré des courts de tennis et lui suggéra vivement de se reposer sur un banc.

Jusque-là, la conversation s'était limitée à quelques annonces, d'une voix enrouée, telles que : « Voilà le gymnase », « Voilà Cuckoo Conklin, qui enseigne le français. Tout le monde le déteste », « S'il te plaît, ne m'appelle pas "chouchou" devant les copains ». Son visage prit maintenant l'expression particulière aux adolescents en présence de leurs parents. Il se détendit. Il attendit les questions.

— Parlons à présent des fêtes de Thanksgiving, George. Qui est ce garçon que tu amènes à la maison ?

— Il se nomme Basil Lee.

— Parle-moi de lui.

— Il n'y a rien à en dire. C'est juste un élève de ma classe, il a seize ans, environ.

— Gentil ?

— Oui. Il habite Saint-Paul, dans le Minnesota. Il y a longtemps que je l'ai invité.

Une certaine réticence dans la voix de son fils retint l'attention de Mme Dorsey.

— Est-ce à dire que tu regrettes de l'avoir invité ? Ne te plaît-il plus ?

— Bien sûr que si.

— Parce que ce n'est pas la peine d'amener quelqu'un que tu n'aimes pas. Tu n'aurais qu'à expliquer que ta mère a changé de projets.

— Mais je l'aime bien, insista George. Il est seulement devenu bizarre, ces derniers temps, reprit-il d'un ton hésitant.

— Comment cela ?

— Oh, rien, bizarre.

— Mais en quoi, George ? Je ne veux pas que tu amènes à la maison quelqu'un de bizarre.

— Il n'est pas vraiment bizarre. Il prend les gens à part pour leur parler. Et après, il leur sourit.

Mme Dorsey n'y comprenait rien.

— Il leur sourit ?

— Oui. Il les emmène dans un coin, il leur tient des discours aussi longs qu'ils peuvent le supporter, et ensuite il sourit — comme cela, dit-il, ses propres lèvres étirées en une curieuse grimace.

— De quoi donc parle-t-il ?

— Oh, de ne pas jurer, de ne pas fumer, d'écrire à ses parents et toutes ces histoires-là.

Personne n'y fait attention, sauf un garçon qui s'est mis à faire la même chose. Il est devenu poseur, sous prétexte qu'il jouait si bien au football.

— Eh bien, si tu n'as pas envie de le voir, ne l'invitons pas.

— Mais si, s'écria George, inquiet, il faut qu'il vienne. Je l'ai invité.

Naturellement, Basil ne soupçonnait nullement cette conversation quand, une semaine plus tard, le chauffeur des Dorsey les débarrassa un matin de leurs bagages dans la gare de Grand Central. La ville baignait dans une lumière d'ardoise rose, et les gens, dans les rues, poussaient devant eux de petits ballons d'haleine givrée. Autour d'eux, les buildings échafaudaient leurs plans multiples vers le ciel ; ils avaient à la base la couleur hivernale d'un sourire de vieillard ; plus haut, c'étaient des diagonales d'or dilué, frangé de violet là où les corniches flottaient sur le ciel de papier.

Dans une longue, basse automobile anglaise — la première que Basil voyait — attendait une fille de leur âge à peu près. Lorsqu'ils montèrent, elle reçut négligemment le baiser de son frère, adressa à Basil un signe de tête en murmurant « bonjour », sans sourire. Elle ne dit rien de plus et se plongea, apparemment, dans des réflexions personnelles. Au début, peut-être à cause de son extrême réserve, Basil n'eut d'elle aucune impression particulière, mais avant qu'ils aient atteint la maison des Dorsey, il commença à s'apercevoir qu'elle était l'une des plus jolies filles qu'il eût jamais rencontrées.

C'était un visage surprenant. Les longs cils effleuraient les joues pâles, comme pour cacher l'ennui infini de ses yeux ; mais, quand elle souriait, son regard s'illuminait d'une chaleur délicieuse, il disait : « Continuez, j'écoute. Je suis fascinée. J'ai attendu des siècles, oui, ce moment-ci auprès de vous. »

Puis elle se rappelait qu'elle était timide, ou qu'elle s'ennuyait ; le sourire s'effaçait, les yeux gris se refermaient à demi. Avant presque d'avoir commencé, l'instant était passé, il laissait derrière lui une curiosité insatisfaite et obsédante.

La maison des Dorsey était dans la Cinquante-Troisième Rue. Basil fut surpris d'abord par l'étroitesse de sa façade de pierre blanche, ensuite par le plein usage qui avait été fait de l'espace intérieur. Les pièces d'apparat occupaient toute la largeur de la maison, une lumière solaire artificielle éclairait les fenêtres de la salle à manger, un petit ascenseur desservait les cinq étages dans un silence déférent. Basil découvrait l'univers, nouveau pour lui, de ce luxe compact. Il était grisant de penser qu'un mètre carré sur cet îlot était plus précieux que toute l'étendue désordonnée de la maison de James J. Hill, dans sa ville natale. Dans son excitation, l'esprit du collège le quitta temporairement. Il fut pris de la même nostalgie d'un mode de vie nouveau qu'avaient déjà éveillée ses précédentes visites à New York. Dans la lumière crue de la Cinquième Avenue, chez cette fille ravissante qui n'avait pas d'autre parole à perdre qu'un « bonjour », dans cette maison parfaitement organisée, il ne reconnaissait rien, et il savait que ne rien reconnaître de ce qui vous entoure est, habituellement, la marque de l'aventure.

Mais il ne pouvait se départir si facilement de sa mentalité du mois passé. Il avait désormais un idéal prioritaire. Il ne devait pas laisser passer un seul jour sans être, comme disait John Granby, « en règle avec lui-même » — autrement dit, sans aider les autres. Il pourrait faire du bon travail sur George Dorsey pendant ces cinq jours ; d'ailleurs, d'autres occasions pouvaient se présenter. En attendant, conscient de profiter au mieux de ses deux univers, il défit ses bagages et se prépara pour le déjeuner.

Il s'assit à côté de Mme Dorsey, qui le trouva un peu trop chaleureux, à la manière des gens du Middle West, mais poli, et sans déséquilibre apparent. Il lui dit qu'il allait être pasteur, ce dont il douta sur-le-champ ; mais il vit que Mme Dorsey était intéressée, et il s'en tint là.

Les projets étaient déjà faits pour l'après-midi ; ils allaient danser — c'était la grande époque : Maurice dansait le tango dans *Sur le*

Fleuve, les Castles exécutaient, au troisième acte de *La Fille du soleil*, un pas rapide, la jambe raide, qui devait apporter à la danse un statut mondain et faire descendre dans les boîtes de nuit la jeune fille de bonne famille, déclenchant ainsi une révolution profonde dans la vie américaine. Le grand, riche empire s'ébrouait et cherchait des distractions ni trop plébéiennes, ni trop artistiques.

À trois heures, sept jeunes gens se trouvèrent réunis, et ils partirent chez Émile en limousine. Il y avait deux jeunes filles de seize ans, élégantes et anémiques — l'une portait un grand nom de la finance — et deux étudiants en première année à Harvard, qui échangeaient des plaisanteries à eux et ne s'occupaient que de Jobena Dorsey. Basil s'attendait que tout le monde posât les questions habituelles du style : « Où allez-vous en classe ? » et « Ah, connaissez-vous untel et untel ? » ; ensuite on se sentirait plus à l'aise ensemble ; mais rien de la sorte n'arriva. L'atmosphère était impersonnelle ; il doutait que les quatre autres sussent son nom. « En fait, songea-t-il, on dirait que chacun attend que quelqu'un se ridiculise. » Un nouvel élément qu'il ne reconnaissait pas ; il le supposa caractéristique de New York.

Ils arrivèrent chez Émile. Il n'y a que dans certains restaurants parisiens, où des Argentins répètent inlassablement leurs figures nationales, qu'il subsiste un faible reflet de la passion de la danse, telle qu'elle se pratiquait juste avant la guerre. À cette époque-là, ce n'était pas un prétexte à boire, à flirter, à attendre l'aube ; c'était une fin en soi. De sédentaires agents de change, des grand-mères de soixante ans, des vétérans de la guerre de Sécession, de vénérables hommes d'État et savants, atteints d'ataxie locomotrice, non seulement désiraient danser, mais dansaient superbement. De fantastiques ardeurs embrasaient des cœurs jusque-là réservés, un exhibitionnisme violent s'emparait de familles qui avaient derrière elles des générations de décence. Des nullités trouvaient la gloire en un soir grâce à leurs longues jambes, on échangeait des adresses où l'on pourrait, si on le désirait, reprendre la danse dès le lendemain matin. En fonction d'une glissade élégante ou d'un trébuchement gauche, des carrières, des fiançailles se décidaient ou s'effondraient, au son des annonces d'un grand Anglais et d'une jeune fille en coiffe hollandaise.

En entrant dans le cabaret, l'anxiété saisit soudain Basil — la danse moderne était une des choses que John Granby avait condamnées le plus sévèrement.

Il s'approcha de George Dorsey, dans le vestiaire.

— Puisqu'il y a un garçon de trop, crois-tu que je peux ne danser que les valses ? Je ne vaux rien pour les autres danses.

— Bien sûr, je n'y vois pas d'inconvénient. (Il jeta à Basil un regard curieux.) Dis donc, as-tu fait vœu de renoncer à tout ?

— Non, pas à tout, répondit Basil, mal à l'aise.

La piste était déjà noire de monde. Des danseurs de tout âge et de milieux divers piétinaient en rond au rythme nerveux, surprenant, de *Too much mustard*. Les trois autres couples se levèrent automatiquement et s'élancèrent, et Basil resta seul à leur table. Il regardait tout cela d'un œil qu'il s'efforçait de croire critique, illusion difficile à préserver ; il contemplait, fasciné, les pieds agiles de Jobena quand un beau garçon de dix-neuf ans environ vint s'asseoir à côté de lui.

— Excusez-moi, dit-il avec une déférence excessive. Suis-je bien à la table de Mlle Dorsey ?

— Oui.

— Elle m'attendait. Je m'appelle De Vinci. Ne me demandez pas si j'ai quelque rapport avec le peintre.

— Je me nomme Lee.

— Enchanté, Lee. Que prenez-vous ? Qu'avez-vous pris ?

Le garçon arriva avec un plateau, et De Vinci regarda ce qu'il apportait d'un air de dégoût.

— Du thé — tous du thé... Garçon, vous me donnerez un double Bronx... Et vous, Lee ? La même chose ?

— Oh non, merci, dit vivement Basil.

— Alors, un seul, garçon.

De Vinci soupira ; il présentait tous les signes d'un homme qui boit depuis plusieurs années.

— Joli chien, sous cette table là-bas. On ne devrait pas permettre de fumer si on laisse entrer les chiens.

— Pourquoi ?

— C'est mauvais pour leurs yeux.

Basil médita confusément cet argument logique.

— Mais ne me parlez pas de chiens, dit De Vinci avec un profond soupir. J'essaie de m'empêcher de penser aux chiens.

Basil changea obligeamment de sujet en lui demandant s'il était à l'université.

— Deux semaines, dit De Vinci en levant deux doigts pour souligner le chiffre. J'ai fait Yale en un temps record. Premier renvoyé de la promotion 15.

— Quel dommage ! dit gravement Basil.

Il prit son souffle et ses lèvres s'étirèrent en un sourire bienveillant.

— Vos parents ont dû avoir bien de la peine.

De Vinci le dévisagea d'un air ahuri, mais, avant qu'il eût eu le temps de répondre, la danse s'acheva et les autres revinrent à la table.

— Salut, Skiddy !

— Tiens, Skiddy !

Ils le connaissaient tous. L'un des jeunes étudiants lui laissa sa place à côté de Jobena, et ils commencèrent à parler ensemble à voix basse.

— Skiddy De Vinci, murmura George à Basil. Ils étaient fiancés, Jobena et lui, l'été dernier, mais je crois qu'elle en a assez. (Il secoua la tête.) Ils allaient ensemble à Bar Harbor dans l'électrique de sa mère ; c'était dégoûtant.

Basil s'anima, soudain, comme si on avait appuyé sur le bouton d'une torche électrique. Il regarda Jobena — le visage infiniment réservé s'éclaira un instant, mais cette fois le sourire était devenu triste ; l'amitié y était intacte, mais pas le ravissement. Il se demanda si Skiddy De Vinci regrettait qu'elle fût lasse de lui. Peut-être, s'il se corrigeait et cessait de boire, et s'il retournait à Yale, changerait-elle d'avis.

La musique reprit. Basil regardait, gêné, le fond de sa tasse.

— C'est un tango, dit George. Tu peux danser le tango, non ? C'est très bien, c'est espagnol.

Basil réfléchit.

— Sûrement que si, insista George. Je te dis que c'est espagnol. Il n'y a pas de raison pour ne pas le danser, si c'est espagnol, n'est-ce pas ?

L'un des étudiants les regardait avec curiosité. Basil se pencha par-dessus la table et il invita Jobena à danser.

Elle murmura une dernière phrase à De Vinci avant de se lever ; puis, pour compenser cette légère incorrection, elle sourit à Basil. Il se sentait léger en gagnant la piste.

Et là, elle fit tout à coup une remarque scandaleuse qui le fit sursauter ; il faillit trébucher, doutant d'avoir bien entendu.

— Je parie que tu as embrassé des centaines de filles, dit-elle, avec une bouche pareille ?

— Pardon ?

— Ce n'est pas vrai ?

— Oh, non, protesta Basil. Honnêtement, je...

Les paupières retombèrent d'un air indifférent ; elle se mit à chantonner l'air que jouait l'orchestre :

Le tango, cela donne chaud,
On plie, on bascule, on glisse ;
Il n'y a rien de plus beau...

Que fallait-il comprendre ? Qu'embrasser lui paraissait bien, et même digne d'admiration ? Il se rappelait ce que John Granby avait dit : « Chaque fois qu'on embrasse une jeune fille, on lui ouvre peut-être la route du péché. »

Il pensa à son propre passé — un après-midi sous la véranda des Kampf avec Minnie Bibble, un retour du lac de l'Ours Noir avec Imogène Bissel, à l'arrière de la voiture, un assortiment de rencontres diverses qui remontaient au jeu des petits papiers et aux baisers enfantins échoués sur un nez, sur une oreille récalcitrante.

Ce temps-là était fini ; il n'embrasserait plus une seule fille avant d'avoir trouvé celle qui deviendrait sa femme. Cela le tourmentait de voir que celle-ci, qu'il trouvait ravissante, prenait la chose à la légère. L'étrange émotion qu'il avait éprouvée quand George avait parlé de sa conduite « dégoûtante » avec Skiddy De Vinci dans son électrique se transformait en indignation — une indignation croissante. C'était criminel — une jeune fille qui n'avait pas même dix-sept ans !

Il lui vint soudain à l'esprit que c'était peut-être là l'occasion cherchée. S'il pouvait la convaincre de la futilité de tout cela, du malheur auquel elle se vouait, sa visite à New York n'aurait pas été vaine. Il pourrait rentrer heureux au collège, sachant qu'il avait apporté à une jeune fille la paix qu'elle n'avait jamais connue auparavant.

En fait, plus il pensait à Jobena dans l'électrique avec Skiddy De Vinci, plus il s'indignait.

À cinq heures, ils partirent de chez Émile pour aller au Castle House. Les rues luisaient sous la pluie fine. Grisée de sortir dans le crépuscule, Jobena glissa vivement son bras sous celui de Basil.

— Nous sommes trop nombreux pour la voiture. Prenons un cab.

Elle lança l'adresse à un septuagénaire vêtu de vert bouteille fané, et les portes inclinées se refermèrent sur eux, à l'abri de la pluie.

— Je suis lasse de les voir, murmura-t-elle. Des visages si vides, celui de Skiddy mis à part, et d'ici une heure il ne sera même plus capable d'articuler convenablement. Il ne cesse pas de pleurnicher sur la mort de son chien « Eggshell », le mois dernier ; c'est un signe. N'avez-vous jamais éprouvé la fascination d'un être perdu, qui s'enfonce toujours plus loin dans le chemin pour lequel il est né, sans jamais se plaindre, sans espoir ; résigné, simplement...

Il sentit son jeune cœur se rebeller contre cette conception.

— Personne n'est obligé de courir à la catastrophe, assura-t-il. On n'a qu'à tourner la page.

— Pas Skiddy.

— N'importe qui, insista-t-il. Il n'y a qu'à prendre la résolution de mener une vie meilleure, vous ne pouvez pas savoir comme c'est facile et combien on devient plus heureux.

Elle ne parut pas l'entendre.

— N'est-ce pas merveilleux, de rouler dans ce cab au milieu de la pluie, tous les deux derrière... (elle se tourna vers lui et sourit) ensemble ?

— Oui, dit Basil d'un ton distrait. Je crois que tout le monde devrait essayer de rendre sa vie parfaite. On ne saurait commencer trop jeune ; en fait, on devrait s'y atteler dès onze ou douze ans, pour qu'elle soit vraiment parfaite.

— C'est vrai, dit-elle. En un sens, la vie de Skiddy est parfaite. Il ne se tourmente jamais, il n'a jamais de regrets. On pourrait le renvoyer au temps du... au XVIIIe siècle, enfin, au temps des dandys, je ne sais quand... Il serait tout à fait à sa place.

— Ce n'est pas ce que je voulais dire, protesta Basil. Ce n'est pas du tout ce que j'entends par « vie parfaite ».

— Non, mais une vie plus triomphante, suggéra-t-elle. Cela ne m'étonne pas, avec le menton que vous avez. Je parie que ce que vous voulez, vous le prenez.

Elle le regarda de nouveau, se glissa près de lui.

— Vous ne comprenez pas..., commença-t-il.

Elle posa la main sur son bras.

— Attendez une minute ; nous sommes presque arrivés. N'entrons pas tout de suite. C'est si agréable de voir passer les lumières, et il va faire si chaud, il y aura tant de monde, là-dedans. Dites-lui de rouler encore quelques minutes. J'ai remarqué que vous ne dansiez pas souvent ; cela me plaît. Je déteste les hommes qui sautent sur la première note de musique, comme si leur vie en dépendait. C'est vrai que vous n'avez que seize ans ?

— Oui.

— On vous donne plus. Vous avez le visage si mûr...

— Vous ne comprenez pas..., recommença Basil, qui perdait espoir.

Elle parla au cocher par la trappe.

— Remontez Broadway jusqu'à ce qu'on vous dise d'arrêter.

Puis elle se renfonça dans les coussins et répéta d'un ton rêveur :

— Une vie parfaite... J'aimerais avoir une vie parfaite. J'aimerais souffrir, si je trouvais quelqu'un qui mérite qu'on souffre pour lui, et j'aimerais ne jamais rien faire de bas, de petit ni de mesquin — rien que de grands péchés.

— Oh, non ! dit Basil, horrifié. Ce n'est pas possible ; c'est morbide. Voyons, vous ne devriez pas parler ainsi, une jeune fille de seize ans ! Vous devriez vous... vous mettre en règle avec vous-même, penser davantage à ce qui nous attend après la mort.

Il s'arrêta, s'attendant à moitié à être interrompu, mais Jobena se taisait.

— Ainsi, il y a un mois, je fumais jusqu'à douze ou quinze cigarettes par jour, sauf en période d'entraînement de football. Je jurais, je n'écrivais à mes parents qu'une fois de temps en temps, au point qu'ils télégraphiaient pour savoir si j'étais malade. Je n'avais aucun sens de mes responsabilités. Je ne me serais jamais cru capable de mener une vie parfaite, avant d'essayer.

Il s'interrompit, vaincu par l'émotion.

— C'est vrai ? demanda Jobena d'une petite voix.

— Jamais. J'étais comme tout le monde, et même pire. J'embrassais les filles, et cela m'était égal.

— Qu'est-ce que... qu'est-ce qui vous a fait changer ?

— Un homme que j'ai rencontré. (Il se tourna tout à coup vers elle et, non sans effort, il arbora sur son visage une caricature du sourire triste et doux de John Granby.) Jobena, vous... vous avez en vous les qualités d'une personne remarquable. J'ai eu beaucoup de peine, cet après-midi, à vous voir fumer de la nicotine et danser des danses modernes, suggestives, dignes de barbares. Et à vous entendre parler d'embrasser. Qu'arrivera-t-il si vous rencontrez un homme qui se sera gardé pur, qui n'aura jamais embrassé que sa famille, et qu'il vous faudra lui avouer que vous vous êtes conduite d'une manière ignoble ?

Elle se renversa en arrière brusquement et lança d'un ton bref par la trappe :

— Vous pouvez faire demi-tour — allez à l'adresse que nous vous avions donnée.

— Vous devriez renoncer à tout cela.

Basil lui sourit à nouveau, résolu à lutter pour la hisser hors d'elle-même, jusqu'à un niveau supérieur.

— Promettez-moi d'essayer. Ce n'est pas tellement difficile. Et le jour où votre chemin croisera celui d'un homme droit, honnête, qui vous dira : « Voulez-vous m'épouser ? », vous serez en mesure de lui dire que vous n'avez jamais dansé de danse moderne et suggestive, excepté le tango espagnol et le boston, et que vous n'avez embrassé personne — du moins, depuis vos seize ans, et vous ne seriez peut-être pas obligée de préciser que vous l'avez fait auparavant.

— Mais ce ne serait pas la vérité, dit-elle d'une voix bizarre. Ne devrais-je pas lui dire la vérité ?

— Vous pourriez lui dire que vous ne saviez pas.

— Ah !

Au grand regret de Basil, le cab s'arrêta devant le Castle House. Jobena entra en hâte et, pour compenser son retard, elle se consacra exclusivement à Skiddy et aux étudiants d'Harvard, jusqu'à la fin de l'après-midi. Mais elle méditait certainement, comme il l'avait fait un mois auparavant. S'il avait disposé d'un peu plus de temps, il aurait pu consolider ses arguments en montrant l'influence que l'on peut exercer sur les autres quand on a une vie parfaite. Il faudrait qu'il en trouve l'occasion demain.

Mais, le lendemain, il la vit à peine. Elle déjeuna dehors et ne vint pas à son rendez-vous avec Basil et George, après la matinée théâtrale. Ils l'attendirent en vain pendant une heure au grill du Biltmore. Il y avait du monde à dîner et Basil commença à s'inquiéter, quand elle disparut sitôt après. Se pouvait-il qu'il l'eût effrayée par son sérieux ? Dans ce cas, il n'en devenait que plus nécessaire de la rassurer, de se l'attacher par les liens invisibles d'un grand dessein commun. Peut-être... peut-être était-elle la fille idéale qu'il épouserait un jour ? À cette idée merveilleuse, l'extase s'empara de tout son être. Il imagina les années d'attente, chacun aidant l'autre à mener une vie parfaite, sans jamais embrasser quiconque, ni l'un ni l'autre — il l'exigerait ; elle devrait promettre de ne plus même voir Skiddy De Vinci. Ensuite le mariage, et vivre pour servir et pour aimer dans la perfection et la gloire.

Les deux garçons retournèrent au théâtre le soir. En rentrant à la maison un peu après onze heures, George monta dire bonsoir à sa mère, laissant Basil partir en reconnaissance du côté de la glacière. L'office à traverser était plongé dans l'obscurité et, comme il cherchait la lumière à tâtons, il sursauta en entendant, dans la cuisine, une voix prononcer son nom.

— ... M. Basil Duke Lee.

— C'est un gosse... (Basil reconnut la voix traînante de Skiddy De Vinci.) Il ne m'a pas paru méchant.

— Au contraire, ce n'est qu'un sale petit

hypocrite, déclara Jobena d'un ton sans réplique. Il m'a fait le vieux sermon classique sur la nicotine, la danse moderne et les baisers, et sur l'homme droit et franc qui allait venir un beau jour — tu sais, c'est toujours de lui qu'on nous parle. Je suppose que c'est à lui-même qu'il pensait, puisqu'il m'a dit qu'il menait une vie parfaite. Oh, tout cela était si visqueux et horrible que j'en étais malade, positivement. Skiddy, pour la première fois de ma vie, j'ai été tentée de prendre un cocktail.

— Bah, ce n'est qu'un gosse, répéta Skiddy avec modération. C'est une crise qui lui passera.

Basil écoutait, horrifié, le visage brûlant, la bouche ouverte. Il aurait voulu s'enfuir, mais son accablement le clouait au sol.

— L'effet que me font les hommes vertueux ne saurait se décrire, dit Jobena au bout d'un moment. Je suppose que je suis mauvaise de nature, Skiddy. En tout cas, toutes les fois que je me suis trouvée avec des jeunes gens honnêtes, j'ai eu cette réaction-là.

— Alors, qu'en dis-tu, Jobena ?

Il y eut un long silence.

— Cela m'a fait quelque chose, répondit-elle enfin. Hier, je croyais que tout était terminé entre nous, Skiddy, mais depuis cette histoire, j'ai eu la vision d'un millier de Basil Duke Lee, devenus adultes et m'offrant de partager leur vie parfaite. Je refuse, une fois pour toutes. Si tu le veux, je t'épouse à Greenwich demain.

III

À une heure, la lumière de Basil n'était pas éteinte. Il arpentait sa chambre en plaidant pour lui-même procès sur procès, avec Jobena dans le rôle de l'accusée ; mais chaque procès s'échouait sur l'écueil de son humiliation profonde. « Un sale petit hypocrite » — ces mots pleins de conviction et de mépris avaient chassé de son cœur les nobles principes de John Granby. Il était l'esclave de ses enthousiasmes, et, au cours des dernières vingt-quatre heures, la personnalité de Jobena avait pris le pas sur tout le reste chez lui ; tout au fond de son cœur, il croyait à la vérité de ce qu'elle avait dit.

Il s'éveilla le matin de Thanksgiving, les yeux cernés de noir. Sa valise, faite pour un départ immédiat, lui rappela la débâcle de la veille au soir, et, couché face au plafond, décontracté par le sommeil, il sentit d'énormes larmes lui emplir les yeux. Un homme plus vieux aurait cherché un apaisement dans la pureté de ses intentions, mais Basil ne connaissait pas de telles échappatoires. Depuis seize ans, il allait son chemin sans que personne le lui traçât, conséquence de sa combativité naturelle et du fait que nul de ses aînés, avant John Granby, n'avait séduit son imagination. John Granby s'était maintenant englouti dans la nuit, et Basil trouvait naturel de se battre pour sa réhabilitation, seul et sans guide.

Tout ce qu'il savait, c'était que Jobena ne devait pas épouser Skiddy De Vinci. Il en refusait la responsabilité. S'il le fallait, il irait trouver son père et il lui dirait ce qu'il savait.

Quand il émergea de sa chambre une demi-heure plus tard, il la rencontra dans le vestibule. Elle était vêtue d'un élégant costume de ville, à jupe entravée et ruché à l'encolure. Ses yeux s'agrandirent un peu et elle lui dit un bonjour poli.

— Il faut que je vous parle, dit-il vivement.

— Je suis vraiment désolée... (Il fut extrêmement gêné de lui voir le même sourire que si rien n'avait changé.) Je n'ai qu'une minute.

— C'est très important. Je sais que je ne vous plais pas...

— Quelle absurdité ! dit-elle avec un rire joyeux. Bien sûr que si. Comment vous êtes-vous mis cette sotte idée en tête ?

Avant qu'il eût pu répondre, elle fit un geste rapide de la main et descendit l'escalier en courant.

George était en ville ; Basil passa la matinée à se promener dans Central Park sous de gros flocons de neige, en répétant le discours qu'il tiendrait à M. Dorsey.

« Cela ne me regarde en rien, mais je ne

peux voir d'un œil serein votre unique fille gâcher sa vie pour un voyou. Si j'avais une fille et qu'elle fût sur le point de gâcher sa vie, j'aimerais que quelqu'un m'en avertisse, et je suis donc venu vous prévenir. Je ne peux naturellement pas rester, après cela, sous votre toit, je prends donc congé de vous. »

À midi et quart, comme il attendait anxieusement au salon, il entendit rentrer M. Dorsey. Il descendit en courant, mais M. Dorsey était déjà dans l'ascenseur dont il avait fermé la porte. Basil fit volte-face et, luttant de vitesse contre la machine, il le rattrapa dans le couloir.

— Pour le bien de votre fille... commença-t-il fiévreusement, pour le bien de votre fille...

— Comment, dit M. Dorsey, qu'arrive-t-il donc à Jobena ?

— Je voudrais vous parler à son sujet.

M. Dorsey se mit à rire :

— Voulez-vous me demander sa main ?

— Oh, non !

— Eh bien, si nous en reparlions après le dîner, quand nous serons gavés de dinde et de farce ? Nous nous sentirons mieux.

Il tapa sur l'épaule de Basil et entra dans sa chambre.

C'était un grand dîner de famille, et Basil profita de la conversation générale pour couver Jobena d'un œil inquiet, essayant de déceler dans ses vêtements ou son expression la marque d'un projet téméraire. Elle était habile à dissimuler, il l'avait appris ce matin, mais il surprit une fois ou deux les regards qu'elle jetait à sa montre et son air distrait.

On prit ensuite le café dans la bibliothèque, et Basil trouva que les bavardages s'éternisaient. Quand Jobena se leva tout à coup et quitta la pièce, il se précipita du même mouvement vers M. Dorsey.

— Voyons, jeune homme, que puis-je pour vous ?

— Eh bien... hésita Basil.

— C'est le moment de me le demander, je me sens heureux et bien nourri.

— Eh bien... (Basil s'interrompit de nouveau.)

— Ne soyez pas timide. Il s'agit de ma Jobena ?

Mais il était arrivé à Basil une chose curieuse. Pris d'un détachement soudain, il s'était vu du dehors — vu en train de « rapporter » à M. Dorsey, dans une maison où il était invité, ce qu'il savait sur le compte de sa fille.

— Eh bien... répéta-t-il, dans le vide.

— Le tout est de savoir si vous pouvez subvenir à ses besoins, dit gaiement M. Dorsey. Et aussi si vous êtes capable de la maîtriser.

— J'ai oublié ce que je voulais dire, balbutia Basil.

Il sortit précipitamment de la bibliothèque, l'esprit en déroute. Il monta comme une flèche et frappa à la porte de Jobena. N'obtenant pas de réponse, il ouvrit la porte et jeta un coup d'œil à l'intérieur. La chambre était vide, mais une valise à moitié faite était posée sur le lit.

— Jobena, appela-t-il d'un ton angoissé.

Pas de réponse. Une femme de chambre qui passait dans le couloir l'informa que Mademoiselle se faisait coiffer dans la chambre de sa mère.

Il descendit en courant, saisit son chapeau et son manteau. Il se creusait la cervelle pour retrouver l'adresse à laquelle ils avaient déposé Skiddy De Vinci l'autre après-midi. Sûr de reconnaître la maison, il descendit Lexington Avenue en taxi, essaya trois portes et se mit à trembler d'excitation en trouvant le nom « Leonard Edward Davies De Vinci » sur une carte, auprès d'une sonnette. Il sonna, et un déclic ouvrit une porte intérieure.

Il n'avait aucun plan. À défaut d'autre argument, il avait vaguement le projet mélodramatique de l'assommer, de l'attacher et de le laisser enfermé là jusqu'à ce que la crise soit passée. Considérant que Skiddy pesait vingt kilos de plus que lui, c'était ambitieux.

Skiddy faisait sa valise — le manteau qu'il jeta vivement par-dessus ne suffit pas à tromper Basil. Il y avait une bouteille de whisky ouverte sur la commode encombrée, et un verre à moitié vide posé à côté.

Dissimulant mal sa surprise, il invita Basil à s'asseoir.

— Il fallait que je vienne vous voir, dit

Basil d'une voix qu'il s'efforçait de maîtriser, à propos de Jobena.

— Jobena ? demanda Skiddy en fronçant les sourcils. Qu'y a-t-il ? Est-ce elle qui vous envoie ?

— Oh, non ! (Basil avala sa salive, cherchant à gagner du temps.) J'ai pensé... que vous pourriez peut-être me conseiller — voyez-vous, je crois que je ne lui plais pas, et je ne sais pas pourquoi.

Skiddy se détendit.

— C'est ridicule. Bien sûr que si. Vous buvez quelque chose ?

— Non. Du moins pas pour le moment.

Skiddy vida son verre. Après une légère hésitation, il enleva son manteau de dessus la valise.

— Voulez-vous m'excuser si je continue à préparer mes bagages ? Je pars en voyage.

— Naturellement.

— Vous devriez prendre un verre.

— Non — je fais une cure de sobriété.

— Quand on commence à se tourmenter pour rien, le mieux est de boire quelque chose.

Le téléphone sonna et il répondit, l'écouteur hermétiquement collé à son oreille.

« Oui... Je ne peux pas parler, en ce moment... Oui... alors à cinq heures et demie. Il en est quatre environ... Je vous expliquerai pourquoi quand je vous verrai... Au revoir. »

Il raccrocha.

— Mon bureau, dit-il avec une nonchalance affectée. Vous ne voulez vraiment rien boire ?

— Non, merci.

— Ne vous tourmentez pas. Amusez-vous.

— C'est dur, quand on est invité dans une maison, de savoir qu'on ne plaît pas à quelqu'un.

— Mais si, vous lui plaisez. Elle me l'a dit elle-même l'autre jour.

Pendant que Skiddy emballait ses affaires, ils discutèrent de la question. Il était un peu fumeux, extrêmement nerveux, et la moindre question posée d'un ton un peu sérieux le lançait dans des divagations interminables. Basil n'avait toujours pas élaboré de plan autre que de rester avec Skiddy et d'attendre la meilleure occasion de dévoiler ses batteries.

Mais rester avec Skiddy allait poser des problèmes ; celui-ci commençait à s'inquiéter de la ténacité de Basil. Il finit par fermer sa valise d'un coup sec, vida d'un seul trait une ration confortable d'alcool et dit :

— Eh bien, je crois qu'il est temps de me mettre en route.

Ils sortirent ensemble et Skiddy appela un taxi.

— De quel côté allez-vous ? demanda Basil.

— Là-haut... enfin, par là-bas.

— Je vous accompagne, déclara Basil. Nous pourrions... nous pourrions prendre un verre au Biltmore.

Skiddy hésita.

— Je vous y dépose, dit-il.

Devant le Biltmore, Basil ne faisait pas mine de descendre.

— Vous entrez avec moi, non ? demanda-t-il d'un air surpris.

Les sourcils froncés, Skiddy regarda sa montre.

— Je n'ai guère de temps.

Basil s'assombrit et se renfonça dans la banquette.

— Alors, ce n'est pas la peine que j'entre tout seul, parce que je fais plutôt jeune et ils ne voudront rien me servir, si je ne suis pas avec un type plus vieux.

L'argument joua. Skiddy descendit en disant :

— Il va falloir que je me dépêche.

Ils entrèrent au bar.

— Qu'est-ce qu'on prend ?

— Quelque chose de fort, dit Basil en allumant sa première cigarette depuis un mois.

— Deux spéciaux, commanda Skiddy.

— J'aimerais quelque chose de vraiment fort.

— Deux doubles spéciaux, alors.

Basil regarda l'horloge du coin de l'œil. Il était cinq heures vingt. Il attendit que Skiddy soit en train de vider son verre pour faire signe au garçon de leur redonner la même chose.

— Oh, non, s'écria Skiddy.

— Vous ne pouvez pas me faire ça.

— Mais vous n'avez pas touché au vôtre.

Basil sirota son cocktail, qu'il trouvait horrible. Il vit que, sous l'effet des alcools divers, Skiddy commençait à lâcher pied.

— Il faut que je m'en aille, disait-il machinalement. Rendez-vous important.

Basil eut une inspiration.

— Je songe à acheter un chien, annonça-t-il.

— Ne me parlez pas de chiens, dit Skiddy d'un ton lugubre. Il m'est arrivé une chose affreuse avec un chien. Je m'en remets à peine.

— Racontez-moi.

— Je n'ai pas le courage de le raconter ; ce fut atroce.

— Je trouve qu'un chien est le meilleur ami de l'homme, dit Basil.

— C'est vrai ? (Skiddy frappa vigoureusement la table du plat de la main.) Moi aussi, Lee. Moi aussi.

— Personne n'aimera jamais l'homme comme sait le faire un chien, continua Basil, l'œil sentimental et noyé dans le vague.

La deuxième tournée de doubles spéciaux arrivait.

— Écoutez l'histoire du chien que j'ai perdu, disait Skiddy. (Il jeta un coup d'œil à sa montre.) Je suis en retard, mais une minute de plus ne fera pas de différence, si vous aimez les chiens.

— Il n'est rien que j'aime tant au monde, déclara Basil en levant son premier verre, encore à moitié plein. À la santé du meilleur ami de l'homme, le chien.

Ils burent. Des larmes mouillaient les yeux de Skiddy.

— Écoutez un peu. Mon chien, Eggshell, je lui avais donné le biberon tout petit. C'était une splendeur — un Airedale, issu de Mac Tavish VI.

— Je veux bien croire qu'il était beau.

Le voyant s'échauffer sur son sujet, Basil poussa son deuxième verre du côté de Skiddy, dont la main se referma dessus. Il fit signe au barman de renouveler la commande. L'horloge indiquait six heures moins cinq.

Skiddy divaguait toujours. Jamais Basil ne put voir par la suite une histoire de chien dans un magazine sans ressentir un haut-lecœur. À six heures et demie, Skiddy se leva, chancelant.

— Je dois partir. Rendez-vous important... Furieuse...

— D'accord. On a le temps d'en vider un dernier au bar.

Le barman connaissait Skiddy et ils causèrent quelques minutes : le temps, désormais, n'avait plus de poids. Skiddy but un verre avec son vieil ami, pour lui porter chance dans une affaire vitale. Un autre suivit.

À huit heures moins le quart, Basil sortait du bar de l'hôtel en soutenant Leonard Edward Davies De Vinci, dont il laissait la valise à la garde du barman.

— Rendez-vous important, marmonna Skiddy, comme ils appelaient un taxi.

— Très important, renchérit Basil. Je vais veiller à ce que vous y arriviez.

Quand la voiture s'arrêta, Skiddy s'écroula à l'arrière et Basil donna l'adresse au chauffeur.

— Au revoir et merci ! lança Skiddy d'un ton fervent. On devrait peut-être rentrer en vider encore un, à la santé du meilleur ami que l'homme ait jamais eu...

— Oh, non, dit Basil, le rendez-vous est trop important.

— C'est vrai. Il est trop important.

La voiture partie, Basil la suivit des yeux jusqu'à ce qu'elle eût tourné le coin. Skiddy allait à Long Island rendre visite à la tombe de son chien.

IV

Basil n'avait jamais bu d'alcool et, dans sa jubilation, il sentit soudain les trois cocktails qu'il n'avait pu éviter d'avaler lui monter à la tête. Sur le chemin de chez les Dorsey, il renversait la tête en arrière et rugissait de rire. Il retrouvait sa propre estime, qu'il avait perdue la veille au soir ; il se sentait chatouillé par la certitude de sa force.

Quand la bonne lui ouvrit, il sut d'instinct

qu'il y avait quelqu'un dans le vestibule. Il attendit que la domestique eût disparu ; puis il alla à la porte de la garde-robe et l'ouvrit. Jobena était debout à côté de sa valise, le visage empreint d'un mélange d'impatience et de frayeur. Fut-ce une illusion de l'ivresse, ou bien vit-il vraiment son visage s'éclairer de soulagement en le voyant ?

— Bonsoir ! dit-elle en enlevant son manteau et en l'accrochant, comme si elle était là pour ça.

Elle sortit dans la lumière. Son visage pâle et ravissant s'était repris.

— George vous cherchait, dit-elle d'un air indifférent.

— Vraiment ? J'étais avec un ami.

Elle renifla, surprise, le léger arôme de cocktail.

— Mais, mon ami étant parti rendre visite à la tombe de son chien, me voici.

Elle s'était raidie.

— Vous étiez avec Skiddy ?

— Il me parlait de son chien, dit gravement Basil. Le meilleur ami de l'homme est finalement son chien.

Elle s'assit et le regarda avec de grands yeux.

— Skiddy a-t-il trop bu ?

— Il est allé voir son chien.

— Oh, l'imbécile ! s'écria-t-elle.

— L'attendiez-vous donc ? Se peut-il que ce soit là votre valise ?

— Cela ne vous regarde pas.

Basil sortit la valise de la garde-robe et la déposa dans l'ascenseur.

— Vous n'en aurez pas besoin ce soir, dit-il.

De grosses larmes de désespoir brillèrent aux yeux de Jobena.

— Vous ne devriez pas boire, dit-elle d'une voix hachée. Ne voyez-vous pas ce que cela a fait de lui ?

— Le meilleur ami de l'homme est un cocktail.

— Vous avez à peine seize ans. J'imagine que tout ce que vous m'avez raconté l'autre soir n'était qu'une plaisanterie — toutes vos histoires de vie parfaite ?

— Rien qu'une plaisanterie, acquiesça-t-il.

— Je pensais que vous y croyiez. Personne ne croit-il jamais à rien ?

— Je vous aime mieux qu'aucune fille que je connaisse, dit doucement Basil. Cela, j'y crois.

— Vous me plaisiez, vous aussi, avant votre discours sur les baisers.

Il s'approcha tout contre elle et il lui prit la main.

— Montons la valise, avant que la bonne ne soit revenue.

Ils montèrent dans l'ascenseur obscur et fermèrent la porte.

— Il y a un interrupteur quelque part, dit-elle.

Sans lâcher sa main, il l'attira à lui et resserra son bras autour d'elle.

— Pour cette fois, nous n'aurons pas besoin de la lumière.

Dans le train du retour, George Dorsey prit une résolution subite. Sa bouche se crispa.

— Cela ne me regarde pas, Basil... (Il hésita.) Mais écoute, as-tu bu quelque chose, le jour de Thanksgiving ?

Basil fronça les sourcils et il inclina la tête.

— Parfois, je ne peux pas m'en empêcher, dit-il gravement. Je ne sais pas pourquoi. L'alcoolisme a tué toute ma famille.

— Bon sang ! s'exclama George.

— Mais c'est fini. J'ai promis à Jobena que je n'y toucherais plus d'ici mes vingt et un ans. Elle pense que je suis perdu, si je ne renonce pas à cette vie dissolue.

George se tut un moment.

— De quoi parliez-vous tous les deux, ces derniers jours ? Zut, alors, je croyais que c'était moi que tu venais voir !

— C'est... c'est un peu sacré, dit paisiblement Basil. Écoute, si on n'a rien de sympathique à dîner, demandons à Sam de ne pas fermer la porte de l'office, cette nuit.

L'ACCORDEUR

I

À cinq heures du soir, le sombre salon ovale du Ritz s'épanouit aux notes d'une mélodie subtile — clapotis léger d'un morceau de sucre, deux morceaux, qui tombent dans la tasse, tintement des théières étincelantes et des pots de crème, qui se caressent élégamment en passant sur des plateaux d'argent. Les amateurs chérissent entre toutes cette heure ambrée, où le pâle, délicat labeur des lis qui peuplent le Ritz est fini — il reste la partie musicale, décorative du jour.

En parcourant du regard le balcon à peine surélevé, en forme de fer à cheval, par un certain après-midi printanier, on aurait pu voir les jeunes Mme Alphonse Karr et Mme Charles

Hemple, assises à une table pour deux. Mme Charles Hemple était celle à la robe — quand je dis : « la robe », je désigne une œuvre remarquable, noire, à gros boutons, et un soupçon de cape rouge aux épaules ; tenue qui évoquait avec une irrévérence élégante et discrète le costume d'un cardinal, ainsi qu'on l'avait souhaité rue de la Paix, en la créant. Mme Karr et Mme Hemple avaient toutes deux vingt-trois ans, et leurs ennemis disaient qu'elles s'étaient fort bien débrouillées. Chacune aurait pu avoir sa limousine à la porte de l'hôtel, mais elles préféraient rentrer à pied, en remontant Park Avenue, dans le crépuscule d'avril.

Grande, Luella Hemple avait les cheveux de lin qu'on attribue aux jeunes Anglaises de la campagne, mais qu'on leur voit rarement. Son teint était radieux et se serait bien passé de toute retouche, mais, conformément à une mode aujourd'hui surannée (on était en 1920), elle avait éteint ses couleurs sous la poudre et redessiné bouche et sourcils — sans plus de succès que n'en méritent de telles ingérences. Mais ceci est le point de vue de 1925. À l'époque, l'effet obtenu était parfait.

— Me voici mariée depuis trois ans, disait-elle en écrasant une cigarette dans le citron vidé de son jus. Le bébé aura deux ans demain. Il faut que je pense à faire acheter...

Elle sortit de son sac un stylomine en or et écrivit « bougies » et « trucs à tirer, avec des chapeaux de papier » sur un agenda habillé d'ivoire. Puis elle leva les yeux vers Mme Karr et elle hésita.

— T'avouerai-je une chose abominable ?

— Essaie, dit gaiement Mme Karr.

— Même mon bébé m'ennuie. Cela paraît monstrueux, mais c'est vrai. Il n'apporte rien à ma vie. Je l'aime de tout mon cœur, mais quand j'ai à m'occuper de lui tout un après-midi, je suis nerveuse à hurler. Au bout de deux heures, je commence à rêver du moment où la nurse poussera la porte.

Sa confession faite, le souffle un peu précipité, Luella scruta son amie. Elle ne se sentait pas du tout monstrueuse, en fait. C'était la vérité. La vérité ne saurait être contre nature.

— C'est peut-être que tu n'aimes pas Charles, hasarda Mme Karr, sans émotion.

— Mais si ! J'espère que je ne t'ai pas donné cette impression, avec tout ce que je t'ai raconté. (Elle décida qu'Ede Karr était stupide.) C'est précisément le fait que j'aime Charles qui complique les choses. Je me suis endormie en pleurant, hier soir, parce que je sais que nous allons lentement, mais sûrement, vers un divorce. C'est le bébé qui nous maintient ensemble.

Ede Karr, mariée depuis cinq ans, l'examina d'un œil critique pour voir si c'était une attitude, mais les beaux yeux de Luella étaient graves et tristes.

— Mais qu'est-ce qui ne va pas ? demanda Ede.

— Plusieurs choses, dit Luella, les sourcils froncés. D'abord, les repas. Je suis une déplorable maîtresse de maison, et je n'ai pas l'intention d'en devenir une bonne. Je déteste passer les commandes à l'épicerie, je déteste aller fourrer mon nez à la cuisine pour voir si la glacière est propre, je déteste feindre devant les domestiques de m'intéresser à leur travail, alors qu'en fait je ne voudrais pas entendre parler de nourriture avant le moment où on la pose sur la table. Tu comprends, je n'ai jamais su faire cuire quoi que ce soit, par conséquent une cuisine signifie autant pour moi que... qu'une salle des chaudières. C'est tout simplement une machine que je ne comprends pas. Il est facile de dire, comme dans les livres : « Suivez des cours de cuisine », mais dans la vie, Ede, se transforme-t-on jamais en une « Hausfrau » modèle, à moins d'y être obligée ?

— Continue, dit Ede, sans se compromettre. Raconte encore.

— Eh bien, le résultat, c'est que la maison est toujours sens dessus dessous. Les domestiques ne restent pas huit jours. Si elles sont jeunes et incompétentes, je ne peux pas les former, nous devons donc nous en séparer. Si elles ont de l'expérience, elles n'aiment pas une maison où la patronne ne porte pas un intérêt passionné au prix des asperges. Alors elles s'en vont — et nous mangeons, la moitié du temps, au restaurant ou à l'hôtel.

— Je ne pense pas que cela plaise à Charles.

— Il en a horreur. D'ailleurs, il a en horreur à peu près tout ce que j'aime. Il ne tient pas au théâtre, déteste l'opéra, déteste danser, déteste les cocktails — je me dis parfois qu'il hait tout ce que le monde peut offrir d'agréable. Je n'ai pas bougé de la maison pendant un an. Tant que j'attendais Chuck, puis que je l'ai nourri, cela ne me faisait rien. Mais cette année, j'ai dit franchement à Charles que j'étais encore assez jeune pour avoir envie de m'amuser. Et depuis, nous sortons, que cela lui plaise ou non. (Elle médita, un instant.) Il me fait tant pitié que je me mets à hésiter, Ede, mais si nous restions à la maison, c'est de moi que j'aurais pitié. Et pour t'avouer une vérité de plus, je préfère qu'il soit malheureux, plutôt que moi.

Luella s'appliquait moins à exposer son cas qu'à penser à haute voix. Elle se trouvait très objective. Avant son mariage, les hommes lui disaient toujours qu'elle était « bonne joueuse », et elle avait essayé de conserver cette loyauté dans sa vie d'épouse. Elle connaissait toujours le point de vue de Charley aussi clairement que le sien.

Femme de pionnier, elle aurait probablement lutté côte à côte avec son mari. Mais ici, à New York, il n'y avait pas de lutte à livrer. Ils n'avaient pas à se débattre ensemble pour obtenir, dans un avenir lointain, le calme et le loisir — elle disposait de l'un et de l'autre à revendre. Luella, comme plusieurs milliers d'autres jeunes épouses à New York, souhaitait sincèrement trouver de quoi s'occuper. Si elle avait eu un peu plus d'argent et un peu moins d'amour, elle aurait pu s'adonner aux courses de chevaux ou aux passions vagabondes. Au contraire, avec un peu moins d'argent, son trop-plein d'énergie aurait été absorbé par l'espoir, et même l'effort. Mais les Charles Hemple étaient entre les deux. Ils faisaient partie de cette énorme catégorie d'Américains qui errent chaque été à travers l'Europe, observant avec une ironie assez pathétique et nostalgique les coutumes, les traditions, les divertissements des autres pays, parce qu'ils n'ont à eux ni coutumes, ni traditions, ni divertissements. Leur classe est née hier de parents qui auraient pu tout aussi bien vivre il y a deux siècles.

L'heure du thé avait soudain cédé la place à celle d'avant le dîner. La plupart des tables s'étaient vidées, et la salle n'était plus inondée mais seulement éclaboussée de voix aiguës, isolées, et de rires qui surprenaient ; dans un coin, les serveurs couvraient déjà les tables de linge blanc pour le dîner.

— Nous nous irritons mutuellement, Charles et moi.

Dans le silence tout neuf, la voix de Luella avait résonné avec une netteté saisissante, et elle la baissa précipitamment.

— De petites choses. Il ne cesse de se frotter le visage avec la main, tout le temps, à table, au théâtre, même dans son lit. Cela me rend folle, et quand des détails pareils commencent à vous exaspérer, la fin est proche. (Elle s'interrompit et prit derrière elle une fourrure légère qu'elle ramena autour de son cou.) J'espère que je ne t'ai pas ennuyée, Ede. J'en suis obsédée, parce que ce qui se passe ce soir est caractéristique. J'ai accepté un rendez-vous pour ce soir, un rendez-vous intéressant, pour souper après le théâtre et rencontrer des Russes, des chanteurs ou danseurs, je ne sais plus, et Charles dit qu'il n'ira pas. Si c'est vrai, eh bien, j'irai seule. Et c'est la fin.

Elle posa tout à coup ses coudes sur la table, et, les yeux enfouis dans la peau souple de ses gants, elle se mit à pleurer sans bruit, obstinément. Personne n'était assez près pour la voir, mais Ede regretta qu'elle n'eût pas retiré ses gants. Elle aurait fait un geste consolateur vers la main nue. Mais les gants symbolisaient la difficulté de s'apitoyer sur une femme à qui la vie avait tant donné. Ede aurait voulu dire que « tout allait s'arranger », que ce n'était pas « si grave qu'elle croyait », mais elle se tut. Sa seule réaction fut de l'impatience, une sorte antipathie.

Un serveur s'approcha et posa sur la table un papier plié, vers lequel Mme Karr tendit le bras.

— Non, je t'en prie, murmura Luella d'une

voix saccadée. Non, c'est moi qui t'ai invitée. J'ai l'argent sous la main.

II

L'appartement des Hemple — ils en étaient propriétaires — se trouvait dans un de ces palais blancs, impersonnels, qu'on désigne par un numéro, au lieu d'un nom. Ils l'avaient aménagé pendant leur lune de miel, allant chercher en Angleterre les meubles importants, à Florence le « bric-à-brac », à Venise les dentelles et la toile fine des rideaux, et la verrerie multicolore qui jonchait la table quand ils recevaient. Luella avait pris plaisir à choisir les objets. Cela donnait au voyage un aspect utile, leur évitait d'errer plutôt tristement entre les grands hôtels et les ruines désolées, sort fréquent des lunes de miel en Europe.

Ils rentrèrent, et la vie commença. Sur un grand pied. Luella s'aperçut qu'elle était une dame fortunée. L'idée que l'appartement, la limousine spécialement conçus pour eux lui appartenaient, au lieu du pavillon de banlieue payé avec un emprunt et de la voiture de l'an passé que le destin aurait pu lui réserver, cette idée la saisissait parfois. Elle fut plus surprise encore lorsque tout cela commença à l'ennuyer. Et pourtant...

Il était sept heures du soir lorsqu'elle quitta le crépuscule d'avril pour entrer dans le vestibule ; elle vit son mari attendre au salon, devant le feu qui brûlait dans la cheminée. Elle entra sans bruit, ferma silencieusement la porte derrière elle et resta un moment à le contempler dans l'harmonieuse perspective du petit boudoir qui les séparait. Charles Hemple avait dans les trente-cinq ans, un visage jeune, sérieux et des cheveux d'un gris fer distingué, qui seraient blancs d'ici dix ans. C'étaient là, avec ses sombres yeux gris, enfoncés, ses traits les plus remarquables — les femmes trouvaient toujours romantique sa chevelure ; Luella aussi, la plupart du temps.

Cette fois, elle éprouva un instant d'aversion, car elle vit qu'il avait porté la main à son visage et se frottait nerveusement le menton et la bouche. Cela lui donnait un air distrait, peu flatteur, et rendait même parfois ses paroles inintelligibles, si bien qu'elle devait constamment dire « Pardon ? ». Elle lui en avait parlé plusieurs fois, et il s'était excusé d'un air surpris. Mais il ignorait manifestement à quel point c'était marquant et irritant, car il continuait de le faire. La situation avait atteint un degré si précaire que Luella redoutait désormais de soulever de telles questions — il eût suffi d'un mot de trop pour déchaîner la scène latente.

Luella jeta soudain ses gants et son sac sur la table. À ce bruit léger, son mari leva les yeux vers l'entrée.

— Est-ce vous, chérie ?

— Oui, chéri.

Elle entra dans le salon, avança entre ses bras tendus et lui donna un baiser. Charles Hemple répondit avec une raideur inhabituelle, puis il la fit lentement pivoter de façon qu'elle regarde de l'autre côté de la pièce.

— J'ai amené quelqu'un à la maison pour dîner.

Elle vit alors qu'ils n'étaient pas seuls, et sa première réaction fut de soulagement ; son expression rigide s'adoucit en un sourire timide et charmant, et elle tendit la main.

— Je vous présente le Dr Moon ; docteur, voici ma femme.

Un homme un peu plus vieux que son mari, au visage rond, pâle, aux traits effacés, s'avança vers elle.

— Bonsoir, madame, dit-il. J'espère que je ne viens pas déranger vos plans.

— Mais non, s'écria vivement Luella. Je suis ravie que vous dîniez ici. Nous sommes tout seuls.

Elle songea au même instant à son rendez-vous de la soirée et se demanda si ce pouvait être un piège maladroit de Charles pour l'obliger à rester chez elle. Dans ce cas, il avait mal choisi son appât. Une lasse placidité émanait de cet homme, de son visage, de sa voix lourde, traînante, et même de ses vêtements lustrés, vieux d'au moins trois ans.

Elle le pria néanmoins de l'excuser et alla voir à la cuisine ce qui se préparait pour le dîner. Comme d'habitude, ils essayaient deux nouvelles domestiques, le déjeuner avait été mauvais et mal servi — elle les renverrait demain. Elle espérait que Charles leur parlerait — elle détestait mettre les domestiques à la porte. Elles pleuraient parfois, ou bien étaient insolentes, mais Charles savait s'y prendre. D'ailleurs un homme les intimidait toujours.

Ce qui cuisait sur le fourneau, toutefois, répandait une odeur rassurante. Luella donna des instructions sur la vaisselle à employer et sortit du placard fermé à clé une précieuse bouteille de chianti. Elle alla ensuite embrasser le petit Chuck.

— A-t-il été sage ? demanda-t-elle tandis qu'il grimpait dans ses bras, ravi.

— Très sage, dit la gouvernante. Nous avons fait une grande promenade en passant par Central Park.

— Ah, quel gentil garçon ! s'écria Luella en l'embrassant, en extase.

— Comme il a mis son pied dans une fontaine, nous avons dû rentrer tout droit en taxi et changer son petit soulier et sa petite chaussette.

— Très bien. Voyons, attends une minute, Chuck ! (Luella détacha de son cou les grosses perles jaunes et les lui tendit.) Il ne faut pas casser le collier de maman.

Elle se tourna vers la nurse.

— Remettez-le sur ma coiffeuse, voulez-vous, quand Chuck dormira ?

Elle éprouvait, en le quittant, une certaine compassion pour son fils — pour la petite vie repliée qu'il menait, que tous les enfants menaient, sauf dans les familles nombreuses. C'était un cher petit ange, excepté les jours où elle s'occupait de lui. Ses traits ressemblaient aux siens ; elle s'en émouvait parfois et prenait de nouvelles résolutions en sentant son cœur battre contre son cœur à elle.

Dans sa jolie chambre rose, elle consacra tous ses soins à son visage, qu'elle lava et rénova. Le Dr Moon ne méritait pas qu'elle changeât de robe, et Luella se sentait étrangement fatiguée, bien qu'elle n'eût pas fait grand-chose de sa journée. Elle retourna au salon, et ils passèrent à table.

— Quelle agréable maison, madame, dit le Dr Moon d'un ton impersonnel. Et permettez-moi de vous complimenter sur votre beau petit garçon.

— Merci. C'est flatteur, de la part d'un médecin. (Elle hésita.) Êtes-vous un spécialiste des enfants ?

— Je ne suis spécialisé en rien, dit-il. Je dois être un des derniers de mon espèce — je pratique la médecine générale.

— Le dernier à New York, en tout cas, déclara Charles.

Il s'était remis à se frotter nerveusement le visage, et pour ne pas le voir Luella fixa les yeux sur le Dr Moon. Mais lorsque Charles reprit la parole, elle le regarda vivement.

— À la vérité, dit-il à brûle pourpoint, j'ai invité ici le Dr Moon parce que je voudrais que vous ayez un entretien avec lui ce soir.

Luella sursauta.

— Moi, un entretien avec lui ?

— Le Dr Moon est un vieil ami à moi, et

je pense qu'il pourra vous dire deux ou trois choses, Luella, que vous devriez savoir.

— Mais... (Elle essaya de rire, mais elle était surprise et contrariée.) Je ne vois pas exactement ce que vous voulez dire. Tout va bien de mon côté. Je ne crois pas m'être jamais mieux portée de ma vie.

Le Dr Moon regarda Charles, pour lui demander la permission de parler. Charles inclina la tête, et sa main se porta automatiquement à son visage.

— Votre mari m'a longuement parlé de vos difficultés à vivre ensemble, dit le Dr Moon, toujours du même ton impersonnel. Il se demande si je pourrais être d'aucun secours pour aplanir les choses.

Luella se sentait le feu aux joues.

— Je n'ai pas une très grande foi dans la psychanalyse, dit-elle d'un ton froid, et je n'ai jamais songé à m'y soumettre.

— Moi non plus, répondit le Dr Moon, qui semblait ne pas percevoir la froideur, je n'ai de grande foi qu'en moi-même. Je vous l'ai dit, je ne promets rien.

Luella envisagea un instant de quitter la pièce. Mais l'effronterie de la suggestion éveillait aussi sa curiosité.

— Je ne sais pas ce que Charles a pu vous raconter, dit-elle en se maîtrisant à grand-peine, ni surtout pourquoi. Mais je puis vous assurer que nos affaires sont une question qui n'intéresse que mon mari et moi. Si vous n'y voyez pas d'objection, docteur, je préférerais parler de quelque chose de moins... personnel.

Le Dr Moon inclina poliment la tête. Il ne fit plus aucune tentative pour aborder ce sujet, et le dîner se poursuivit dans un silence d'échec. Luella était résolue, quoi qu'il arrivât, à s'en tenir à ses projets pour la soirée. Une heure plus tôt, son indépendance l'avait voulu, mais maintenant c'était son amour-propre qui exigeait un geste de défi. Elle resterait un petit moment au salon après le dîner ; puis, quand on servirait le café, elle prierait qu'on l'excusât et irait s'habiller pour sortir.

Mais, lorsqu'ils quittèrent la salle à manger, ce fut Charles qui s'éclipsa, trop vite pour permettre de parer le coup.

— J'ai une lettre à écrire, dit-il. Je reviens dans un instant.

Avant que Luella eût pu soulever une objection diplomatique, il avait parcouru le couloir jusqu'à sa chambre et elle l'entendit fermer sa porte.

Fâchée et déconcertée, Luella versa le café et s'enfonça dans un coin du canapé, le regard plongé dans le feu.

— N'ayez pas peur, madame, dit soudain le Dr Moon. On m'a imposé ce rôle. Je n'interviens pas de mon propre gré...

— Je n'ai pas peur de vous, coupa-t-elle.

Mais elle savait qu'elle mentait. Elle le craignait un peu, quand ce n'eût été que pour l'insensibilité qu'il opposait à son antipathie.

— Racontez-moi vos ennuis, dit-il très naturellement, comme si elle n'était pas non plus libre de son choix.

Il ne la regardait même pas, et seul le fait qu'ils fussent seuls dans la pièce prouvait qu'il s'adressait à elle.

Les mots que Luella avait en tête, sur les lèvres, ceux qu'elle voulait dire, c'était : « Je n'en ferai rien. » Ceux qu'elle prononça en fait la stupéfièrent. Ils lui vinrent spontanément, sans qu'elle y fût apparemment pour rien.

— Ne l'avez-vous pas vu se frotter le visage, au dîner ? dit-elle avec désespoir. Êtes-vous aveugle ? Il est devenu si irritant pour moi que c'est à me rendre folle.

— Je vois, dit le Dr Moon en hochant son visage lunaire.

— J'en ai assez de la maison, comprenez-vous ? poursuivit-elle, la poitrine haletante sous sa robe. Si vous saviez à quel point cela m'ennuie de m'occuper de la maison, du bébé — tout semble se répéter indéfiniment... J'ai besoin d'une vie passionnante ; peu m'importe la forme qu'elle prend ou le prix que je paie, pourvu qu'il y ait de quoi me faire battre le cœur.

— Je vois.

Cela exaspérait Luella qu'il prétendît comprendre. L'instinct de défi avait atteint chez elle un tel degré qu'elle préférait que personne ne comprenne. Il lui suffisait de se justifier par l'ardente sincérité de ses désirs.

— J'ai essayé de faire mieux, je n'essayerai plus. Si je dois être de ces femmes qui coulent leur vie pour rien, que ce soit tout de suite. Vous pouvez me traiter d'égoïste, d'idiote, et avoir raison ; mais, dans cinq minutes, je quitte cette maison et je commence à vivre.

Cette fois-ci, le Dr Moon ne répondit pas ; il leva la tête comme pour écouter ce qui se passait à quelque distance.

— Vous ne sortirez pas, dit-il au bout d'un instant. Je suis tout à fait sûr que vous ne sortirez pas.

Luella éclata de rire.

— Si, je sortirai.

Il négligea cette affirmation.

— Voyez-vous, madame, votre mari n'est pas bien. Il a tenté de vivre à votre manière, et c'est plus qu'il n'en a pu supporter. Lorsqu'il se frotte la bouche...

On entendit un pas léger dans le couloir, et la bonne entra sur la pointe des pieds, l'air effrayé.

— Madame Hemple...

Surprise par cette interruption, Luella se retourna vivement.

— Oui ?

— Puis-je parler à Mad... (Sa peur fit fondre les principes mal assimilés.) M. Hemple, il est malade ! Il est venu à la cuisine tout à l'heure et il s'est mis à jeter par terre tout ce qu'il y avait dans la glacière, et maintenant il est dans sa chambre, il crie, il chante...

Luella entendit soudain la voix de son mari.

III

Charles Hemple avait une dépression nerveuse. Vingt ans d'un labeur presque ininterrompu pesaient sur ses épaules, et la tension des derniers temps, chez lui, avait été trop lourde. Son attitude à l'égard de sa femme était le point faible d'une carrière par ailleurs volontaire et organisée — il avait conscience de l'intense égoïsme qui la caractérisait, mais l'égoïsme, chez les femmes, exerce sur beaucoup d'hommes un attrait irrésistible, c'est l'une des nombreuses failles dans le tissu des rapports humains. L'égoïsme de Luella s'accompagnait d'une beauté enfantine ; en conséquence, Charles Hemple avait commencé à se reprocher des situations dont elle était évidemment responsable. C'était une attitude malsaine, et il avait fini par souffrir mentalement des efforts qu'il faisait pour se mettre dans son tort.

Une fois passés le premier saisissement et la passagère bouffée de pitié qui suivit, Luella considéra la situation avec impatience. Elle était « bonne joueuse » — elle ne pouvait profiter de la maladie de Charles. Sa liberté devrait attendre qu'il soit remis sur pied. Au moment précis où elle avait décidé d'abandonner ses fonctions d'épouse, Luella se trouva obligée d'y ajouter celles d'infirmière. Assise auprès de son lit, elle l'écoutait parler d'elle dans son délire — du temps de leurs fiançailles, de l'ami qui l'avait averti qu'il commettait une erreur, de son bonheur lors des premiers mois de leur mariage, de son inquiétude croissante à l'apparition du décalage. Il y avait donc été plus sensible qu'elle n'avait cru, plus qu'il ne l'avait jamais dit.

— Luella ! criait-il en se redressant dans son lit. Luella ! Où êtes-vous ?

— Je suis ici, Charles, à côté de vous, disait-elle d'une voix qu'elle s'efforçait de rendre gaie et chaleureuse.

— Si vous voulez partir, Luella, partez, cela vaut mieux. Je vois que je ne peux plus vous suffire.

Elle protestait pour l'apaiser.

— J'ai bien réfléchi, Luella, je ne peux pas ruiner ma santé à cause de vous.

Puis il enchaîna très vite, passionnément :

— Ne partez pas, Luella ! Pour l'amour de Dieu, ne m'abandonnez pas ! Promettez-moi de ne pas partir ! Je ferai tout ce que vous voudrez si vous me le promettez.

C'était son humilité qui la tourmentait le plus ; il était d'une nature réservée et jamais, auparavant, elle n'avait deviné la force de sa dévotion.

— Je ne m'absente qu'une minute. C'est le Dr Moon, votre ami, Charles. Il est venu aujourd'hui voir comment vous alliez, ne vous en souvenez-vous pas ? Il voudrait me parler avant de s'en aller.

— Vous reviendrez ? insista-t-il.

— Dans un tout petit moment. Là, restez tranquille.

Elle lui souleva la tête et tapota son oreiller. Une nouvelle garde-malade serait là demain.

Le Dr Moon attendait dans le salon. Son costume était encore plus usé et plus minable à la lumière du jour. Elle éprouvait à son égard une hostilité démesurée, avec la conviction irraisonnée qu'il était, en quelque sorte, responsable de son malheur ; mais il tenait tellement à la voir qu'elle ne pouvait le lui refuser. Elle ne l'avait pas invité, néanmoins, à conférer avec les spécialistes — un médecin si minable...

— Bonjour, madame, dit-il en s'avançant et en lui tendant une main que Luella effleura, mal à l'aise. Vous semblez en bonne forme.

— Oui, merci.

— Je vous félicite sur la manière dont vous avez pris les choses en main.

— Mais je n'ai rien pris en main du tout, répliqua-t-elle d'un ton froid. Je fais ce que je dois...

— Précisément.

Elle sentait croître rapidement son impatience.

— Je fais ce que je dois, rien de plus, continua-t-elle. Et sans aucun enthousiasme.

Subitement, elle se livra à lui de nouveau, comme le soir de la catastrophe ; elle savait qu'elle se mettait avec lui sur un pied d'intimité, mais ne pouvait réprimer ses paroles.

— La maison va très mal, explosa-t-elle. J'ai dû renvoyer les domestiques, et je n'ai plus maintenant qu'une femme de ménage. Le bébé a un rhume, je me suis aperçue que sa nurse ne connaît rien à son métier, et tout est aussi épouvantable que possible !

— Voulez-vous me dire comment vous vous êtes aperçue que la nurse ne connaissait rien à son métier ?

— On ne peut éviter diverses découvertes désagréables quand on est forcé de rester chez soi.

Il inclina la tête et tourna son visage las vers plusieurs points de la pièce.

— Je me sens quelque peu encouragé, dit-il lentement. Je vous l'ai dit, je ne promets rien ; je fais simplement de mon mieux.

Luella sursauta et leva les yeux vers lui.

— Que voulez-vous dire ? protesta-t-elle. Vous n'avez rien fait pour moi — absolument rien !

— Pas grand-chose encore, dit-il pesamment. Il faut du temps, madame.

Les mots avaient été articulés d'un ton uni qui les rendait inoffensifs, mais Luella estima qu'il était allé trop loin. Elle se leva.

— J'ai déjà rencontré de vos pareils, dit-elle d'un ton glacial. Vous semblez convaincu, je ne sais pourquoi, d'avoir ici votre place de « vieil ami de la famille ». Mais je suis lente en amitié, et je ne vous ai pas accordé le privilège d'être si... (elle voulait dire insolent, mais le mot lui échappait) si direct avec moi.

Quand la porte d'entrée se fut refermée derrière lui, Luella alla voir à la cuisine si la femme avait compris la question des trois dîners différents — un pour Charles, un pour le bébé et un pour elle. Il était difficile de s'accommoder d'une seule domestique quand la situation était si compliquée. Il faudrait qu'elle s'adresse à une autre agence de placement — celle-ci commençait à se lasser.

Elle trouva, à sa grande surprise, la femme de ménage en manteau et chapeau, en train de lire le journal sur la table de la cuisine.

— Eh bien... (Luella essayait de se rappeler son nom), eh bien, que se passe-t-il, madame...

— Mme Danski, je m'appelle.

— Que se passe-t-il ?

— Je crains de ne pas être en mesure de vous convenir, dit Mme Danski. Voyez-vous, je ne suis qu'une simple cuisinière, et je ne suis pas accoutumée à préparer la nourriture d'un malade.

— Mais je comptais sur vous !

— Je regrette beaucoup, dit-elle en secouant la tête d'un air obstiné. Je dois songer à ma propre santé. C'est sûr qu'on ne m'a pas dit de quel travail il s'agissait quand je suis venue. Et quand vous m'avez demandé de nettoyer la chambre de votre mari, j'ai vu que c'était carrément au-dessus de mes forces.

— Je ne vous ferai rien nettoyer, dit Luella, au désespoir. Si vous acceptez seulement de rester jusqu'à demain. Il m'est absolument impossible de trouver quelqu'un d'autre ce soir.

Mme Danski sourit poliment.

— Je dois penser à mes propres enfants, tout comme vous.

Luella faillit lui offrir de la payer davantage, mais sa colère éclata soudain.

— Jamais de ma vie je n'ai vu un tel égoïsme ! explosa-t-elle. Me quitter dans un moment pareil ! Vous n'êtes qu'une vieille imbécile !

— Si vous voulez bien me payer mes heures, je m'en irai, dit calmement Mme Danski.

— Je ne vous donnerai pas un centime si vous ne restez pas !

Elle regretta aussitôt ce qu'elle avait dit, mais

son amour-propre lui interdisait de retirer sa menace.

— Si, vous allez me payer !

— Sortez d'ici !

— Je sortirai quand j'aurai mon argent ! protesta Mme Danski, indignée. Je dois penser à mes enfants.

Luella respira violemment et fit un pas en avant. Intimidée par sa détermination, Mme Danski fit demi-tour et passa la porte en maugréant.

Luella alla au téléphone et elle appela l'agence pour les informer que la femme était partie.

— Pouvez-vous m'envoyer quelqu'un tout de suite ? Mon mari est malade et le bébé est malade aussi...

— Je regrette, madame Hemple ; il n'y a plus personne dans nos bureaux. Il est plus de quatre heures.

Luella discuta un moment. Elle finit par obtenir la promesse qu'ils téléphoneraient à une femme qu'ils avaient pour les urgences. C'était tout ce qu'ils pouvaient faire le jour même.

Elle appela plusieurs autres agences, mais l'industrie ménagère était apparemment suspendue jusqu'au lendemain. Après avoir fait prendre à Charles son médicament, elle entra dans la nursery sur la pointe des pieds.

— Comment va Chuck ? demanda-t-elle distraitement.

— Trente-sept six, murmura la nurse, en levant le thermomètre vers la lumière. Je viens de la prendre.

— Est-ce beaucoup ? demanda Luella en fronçant les sourcils.

— Sept ou huit dixièmes de trop. Pour l'après-midi, ce n'est pas terrible. Un rhume leur fait souvent monter un peu la température.

Luella s'approcha du berceau et elle posa la main sur la joue congestionnée de son fils ; elle songea, malgré son inquiétude, à quel point il ressemblait à l'invraisemblable chérubin des publicités de Lux dans les autobus.

Elle se tourna vers la nurse.

— Savez-vous faire la cuisine ?

— Oh, pas très bien.

— Enfin, pouvez-vous préparer le repas du bébé pour ce soir ? Cette vieille idiote est partie, je n'ai pu trouver personne, et je ne sais plus que faire.

— Oui, je peux faire à manger au bébé.

— Alors, cela ira. J'essayerai de m'en sortir, pour Monsieur. Laissez votre porte ouverte, s'il vous plaît, pour entendre sonner le médecin. Et avertissez-moi.

Tous ces médecins ! Pas un jour ne s'était écoulé sans amener un médecin dans la maison. Le spécialiste et le docteur de la famille tous les matins, puis le pédiatre, et, cet après-midi, le Dr Moon, placide, insistant, importun. Luella s'en fut à la cuisine. Elle pourrait se préparer des œufs et du bacon — elle l'avait souvent fait après le théâtre. Mais les légumes pour Charles, c'était une autre histoire — il fallait les cuire à l'eau bouillante ou à la vapeur, ou quelque chose comme cela, et la cuisinière avait tant de plaques, tant de fours qu'elle ne savait quoi utiliser. Elle choisit une casserole bleue qui avait l'air neuve, elle y trancha des carottes et les recouvrit d'un peu d'eau. Au moment où elle les posait sur le fourneau en se demandant ce qu'il fallait faire ensuite, le téléphone sonna. C'était l'agence.

— Oui, c'est moi-même.

— Eh bien, la femme que nous vous avions envoyée vient de revenir ici en déclarant que vous avez refusé de lui payer ses heures.

— Je vous ai expliqué qu'elle ne voulait pas rester, protesta Luella. Elle n'a pas respecté son engagement, je ne me suis pas senti la moindre obligation...

— Nous devons veiller à ce que le personnel soit payé, l'informa l'employée de l'agence ; sinon je ne vois pas quelle aide nous leur apporterions, n'est-ce pas ? Je regrette, madame Hemple, mais nous ne pourrons vous fournir personne d'autre avant que ce petit malentendu soit réglé.

— Mais je paierai, je paierai ! s'écria-t-elle.

— Nous tenons, bien entendu, à rester en bons termes avec nos clients...

— Oui... oui !

— Si vous voulez bien, par conséquent,

nous faire parvenir son salaire dès demain... C'est soixante-cinq cents de l'heure.

— Mais pour ce soir ? s'exclama-t-elle. Il me faut absolument quelqu'un ce soir.

— Eh bien... il est très tard, à présent. J'étais moi-même sur le point de partir.

— Mais je suis Mme Charles Hemple ! Ne comprenez-vous pas ? Ma parole ne saurait être mise en doute ! Je suis la femme de Charles Hemple, 14, Broadway...

Elle se rendit compte, au même instant, que Charles Hemple, au numéro 14 de Broadway, était un pauvre invalide — il n'était plus une référence ni un secours. Désespérée devant la cruauté subite du monde, elle raccrocha.

Après s'être débattue frénétiquement dans la cuisine pendant dix minutes, elle alla trouver la nurse, qu'elle n'aimait pas, et s'avoua incapable de faire cuire le dîner de son mari. La nurse déclara qu'elle avait une migraine atroce et assez de travail déjà avec un enfant malade, mais elle consentit, sans enthousiasme, à montrer à Luella comment il fallait procéder.

Ravalant son humiliation, Luella se soumit aux ordres de la nurse, tandis que celle-ci entreprenait en grommelant de faire fonctionner la cuisinière inconnue. Quelque chose avoisinant un dîner se trouva mis en route. Puis vint le moment, pour la nurse, de donner son bain à Chuck, et Luella resta assise toute seule devant la table de la cuisine, au milieu des effluves qui s'échappaient des casseroles.

« Et des femmes font cela tous les jours, pensa-t-elle. Des milliers de femmes. La cuisine, soigner les malades — et, de plus, aller travailler. »

Mais elle ne concevait pas que ces femmes soient de la même espèce qu'elle, sinon par une ressemblance superficielle, la possession de deux pieds et de deux mains. Elle se livrait à cette constatation comme elle aurait dit : « Les indigènes des mers du Sud portent des anneaux dans le nez. » Aujourd'hui, elle jouait au taudis sous son propre toit, et cela ne l'amusait pas. Ce n'était pour elle qu'un accident ridicule.

Elle prit soudain conscience d'un pas lent

qui approchait à travers la salle à manger, puis dans l'office. Craignant vaguement que le Dr Moon ne fût revenu, elle leva les yeux — et vit la nurse. Luella se dit, en un éclair, que celle-ci allait se trouver mal aussi. Elle avait raison : à peine la femme atteignait-elle la porte de la cuisine qu'elle vacilla et se cramponna à la poignée comme un oiseau s'accroche à une branche. Puis elle s'affaissa à terre, sans mot dire. On sonna à la porte au même instant ; et Luella, qui s'était levée d'un bond, soupira de soulagement en voyant le médecin de son fils.

— Simplement évanouie, dit-il, en prenant sur ses genoux la tête de la jeune fille, dont les yeux papillotèrent. Oui, elle s'est évanouie, c'est tout.

— Tout le monde est malade ! s'écria Luella avec une sorte d'humour désespéré. Tout le monde est malade sauf moi, docteur.

— Celle-ci n'est pas malade, dit-il au bout d'un instant. Le pouls est déjà normal. Elle n'a fait que s'évanouir.

Quand elle eut aidé le médecin à porter

dans un fauteuil le corps qui revenait à la vie, Luella courut à la nursery et se pencha sur le lit du bébé. Elle abaissa sans bruit l'un des bords métalliques. La fièvre semblait dissipée — la rougeur avait disparu. Elle se courba pour toucher la petite joue.

Soudain, Luella se mit à hurler.

IV

Même après l'enterrement de son petit garçon, Luella ne pouvait pas croire qu'elle l'avait perdu. Elle revint à l'appartement et marcha en rond dans la nursery, en répétant son nom. Puis, épouvantée par la douleur, elle s'assit et contempla le berceau blanc, au flanc duquel était peint un poussin rouge.

— Que vais-je devenir maintenant ? murmura-t-elle toute seule. Il va m'arriver quelque chose de terrible quand je me rendrai compte que je ne verrai jamais plus Chuck.

Elle n'en était pas encore sûre. Si elle attendait là jusqu'à la tombée de la nuit, il se pouvait encore que la nurse le ramène de promenade. Elle se rappelait un affolement tragique au milieu duquel on lui avait dit que Chuck était mort, mais si c'était vrai, alors pourquoi sa chambre l'attendait-elle, avec sa petite brosse et son peigne posés sur la commode, et que faisait-elle ici ?

— Madame ?

Elle leva les yeux. La silhouette lasse, minable du Dr Moon se découpait dans la porte.

— Allez-vous-en, dit Luella d'un ton morne.

— Votre mari a besoin de vous.

— Cela m'est égal.

Le Dr Moon fit quelques pas dans la chambre.

— Je crois que vous n'avez pas compris, madame. Il vous a demandée. Vous n'avez plus personne que lui.

— Je vous hais, dit-elle tout à coup.

— Si vous voulez. Je n'ai rien promis, vous savez. Je fais ce que je peux. Vous irez mieux quand vous admettrez que votre bébé est mort, que vous ne le reverrez plus.

Luella bondit.

— Mon bébé n'est pas mort ! cria-t-elle. Vous mentez ! Vous mentez toujours !

Son regard étincelant croisa celui du docteur et trouva là quelque chose d'à la fois brutal et gentil qui l'impressionna et la soumit. Elle baissa les yeux, lasse et désespérée.

— Très bien, dit-elle d'une voix épuisée. Mon fils est mort. Que vais-je faire maintenant ?

— Votre mari va beaucoup mieux. Il n'a besoin que de repos et de gentillesse. Mais il faut que vous alliez lui apprendre ce qui est arrivé.

— Vous pensez que c'est grâce à vous qu'il va mieux, je suppose, dit Luella d'un ton âpre.

— Peut-être. Il est presque guéri.

Presque guéri — alors le dernier maillon qui l'enchaînait à son foyer était rompu. Un morceau de sa vie s'achevait — elle pouvait s'en décharger ici, avec son poids de douleur et d'oppression, et prendre son essor, libre comme l'air.

— J'irai le voir dans une minute, dit Luella d'une voix lointaine. Laissez-moi seule, je vous prie.

L'ombre importune du Dr Moon se fondit dans l'obscurité du couloir.

— Je peux partir, murmura Luella. La vie m'a rendu ma liberté, à la place de ce qu'elle m'a pris.

Mais elle ne devait pas s'attarder une seule minute, sans quoi la vie renouerait ses liens et la ferait de nouveau souffrir. Elle appela le concierge et demanda qu'on lui monte sa malle de la resserre. Puis elle commença à sortir des choses de la commode et de la penderie, s'efforçant de s'en tenir autant que possible aux objets personnels qu'elle avait apportés dans sa vie d'épouse. Elle trouva même deux vieilles robes qui avaient fait partie de son trousseau — démodées et un peu serrées aux hanches — qu'elle emballa avec le reste. Une vie nouvelle. Charles était guéri ; et son bébé, qu'elle avait adoré, et qui l'ennuyait un peu, était mort.

Quand elle eut fermé sa malle, elle alla machinalement à la cuisine, veiller aux préparatifs du dîner. Elle parla à la cuisinière de ce qu'il fallait à Charles et annonça qu'elle-même dînerait dehors. L'une des petites casseroles qui avaient servi à préparer les repas de Chuck retint son attention un instant, mais elle la regarda sans émotion. Elle inspecta la glacière, qu'elle trouva propre et nette à l'intérieur. Puis elle se rendit dans la chambre de Charles. Il était assis dans son lit, et la garde-malade lui faisait la lecture. Il avait maintenant les cheveux presque blancs, d'un blanc argenté, et, par contraste, ses yeux paraissaient plus grands et plus sombres dans son visage maigre et jeune.

— Le bébé est malade ? demanda-t-il de sa voix normale.

Elle inclina la tête.

Il hésita, ferma les yeux un instant. Puis il demanda :

— Le bébé est mort ?

— Oui.

Il se tut pendant longtemps. La garde-malade s'approcha et lui posa la main sur le front. Deux grosses larmes étranges roulèrent de ses yeux.

— Je savais que le bébé était mort.

Après une autre longue attente, la garde-malade prit la parole :

— Le médecin a dit qu'on pouvait l'emmener faire une promenade en voiture aujourd'hui, tant qu'il y a du soleil. Il a besoin d'un peu de changement.

— Oui.

— Je pensais... (L'infirmière hésita.) Je pensais que cela pourrait peut-être vous faire du bien à tous les deux, madame Hemple, si vous l'emmeniez, plutôt que moi.

Luella secoua précipitamment la tête.

— Oh, non, dit-elle. Je ne m'en sens pas capable, aujourd'hui.

L'infirmière lui jeta un regard curieux. Saisie d'une pitié soudaine pour Charles, Luella se pencha doucement pour lui embrasser la joue. Puis, sans un mot, elle retourna dans sa propre chambre, mit son chapeau et son manteau, et, sa valise à la main, se dirigea vers la porte d'entrée.

Elle vit tout de suite une ombre dans le couloir. Si elle pouvait franchir cette ombre, elle serait libre. Si elle pouvait passer à droite ou à gauche, ou lui ordonner de s'écarter. Mais l'ombre, têtue, refusa de bouger, et Luella s'effondra sur une chaise avec un petit cri.

— Je vous croyais parti, gémit-elle. Je vous ai dit de partir.

— Je m'en vais bientôt, dit le Dr Moon, mais je ne veux pas que vous commettiez une erreur classique.

— Je ne suis pas en train de commettre une erreur. Mes erreurs, je les laisse derrière moi.

— C'est vous-même que vous vous efforcez de laisser derrière vous, mais vous ne le pouvez pas. Plus vous essayez de vous fuir, et plus vous serez avec vous-même.

— Mais il faut que je parte, insista-t-elle farouchement. Que je quitte cette demeure de la mort et de l'échec !

— Vous n'avez pas encore échoué. Vous n'avez fait que commencer.

Elle se leva.

— Laissez-moi passer.

— Non.

Elle céda brusquement, comme chaque fois qu'il lui parlait. Elle se couvrit le visage de ses mains et fondit en larmes.

— Retournez dans cette chambre, et dites à l'infirmière que vous emmenez votre mari prendre l'air, suggéra-t-il.

— Je ne peux pas.

— Mais si.

Luella le regarda une fois de plus et sut qu'elle allait obéir. Convaincue d'être définitivement brisée, elle ramassa sa valise et repartit dans le couloir.

V

La nature de l'influence curieuse que le Dr Moon exerçait sur elle, Luella ne pouvait pas la comprendre. Mais elle se mit, au fil des jours, à faire beaucoup de choses qui lui avaient toujours paru inacceptables. Elle restait à la maison avec Charles ; et, quand il se rétablit, elle sortit avec lui ; c'étaient parfois des dîners, ou le théâtre, mais seulement lorsqu'il en exprimait le désir. Elle inspectait quotidiennement la cuisine et veillait sur la maison d'un œil réticent, d'abord par terreur qu'elle ne se dérègle à nouveau, puis par habitude. Elle avait l'impression que tout cela avait un rapport avec le Dr Moon, à cause d'une explication qu'il ne cessait de lui donner concernant la vie, ou de presque lui donner, tout en la lui cachant, comme s'il craignait qu'elle ne comprenne.

Lorsqu'ils retrouvèrent leur existence normale, elle s'aperçut que Charles était moins nerveux. Sa manie de se frotter le visage avait disparu ; si le monde lui paraissait moins gai, moins heureux qu'avant, elle connaissait parfois une certaine paix qui ne lui avait jamais été donnée.

Puis le Dr Moon lui annonça subitement, un après-midi, qu'il s'en allait.

— Voulez-vous dire pour de bon ? demanda-t-elle, prise d'une sorte de panique.

— Pour de bon.

Chose bizarre, elle se demanda pendant un moment si elle était contente ou pas.

— Vous n'aurez plus besoin de moi, dit-il doucement. Sans vous en douter, vous êtes devenue adulte.

Il vint s'asseoir sur le canapé auprès d'elle et lui prit la main.

Luella se taisait, tendue ; elle écoutait.

— Nous accordons aux enfants d'être spectateurs sans participer à la pièce, dit-il, mais s'ils demeurent spectateurs une fois qu'ils sont grands, quelqu'un doit travailler double pour eux, pour qu'ils puissent jouir de la lumière du monde.

— Mais je veux la lumière, protesta-t-elle. C'est tout ce qu'il y a dans l'existence. On ne peut pas avoir tort de vouloir un peu de chaleur.

— La chaleur restera.

— Comment ?

— La vie se réchauffera pour vous.

Luella le regarda, saisie.

— C'est à votre tour de devenir le centre, de donner aux autres ce qui vous fut donné pendant si longtemps. Vous avez la sécurité à donner aux plus jeunes, la paix à votre mari, la bonté aux vieux. Ceux qui travaillent pour vous doivent pouvoir compter sur vous. Vous devez assumer un peu plus de soucis que vous n'en laissez paraître, pratiquer un peu plus de patience que la moyenne des gens, faire un peu plus que votre part, au lieu d'un peu moins. C'est vous qui détenez la lumière du monde.

Il s'interrompit soudain.

— Levez-vous, dit-il, allez devant ce miroir et dites-moi ce que vous voyez.

Luella se leva, obéissante, et s'approcha d'un objet qui datait de leur lune de miel, une psyché en verre de Venise.

— Je vois de nouvelles lignes ici sur mon visage, dit-elle en levant un doigt qu'elle posa entre ses sourcils, et quelques ombres sur le côté qui pourraient être — qui sont de petites rides.

— Cela vous ennuie-t-il ?

Elle se retourna vivement.

— Non, dit-elle.

— Vous rendez-vous compte que Chuck a disparu ? Que vous ne le reverrez jamais ?

— Oui. (Elle se passa lentement les mains sur les yeux.) Mais tout cela paraît si vague, si lointain.

— Vague et lointain, répéta-t-il. Me craignez-vous, maintenant ?

— Non, je ne vous crains plus, dit-elle, maintenant que vous allez partir, ajouta-t-elle sincèrement.

Il marcha vers la porte. Il semblait particulièrement fatigué ce soir, on eût dit qu'il pouvait à peine se déplacer.

— Vous avez la garde de cette demeure, murmura-t-il. La lumière et la chaleur qu'on y trouvera, ce sera votre lumière, votre chaleur ; si elle est heureuse, ce bonheur viendra de vous. Il pourra vous arriver de bonnes choses dans votre vie, mais vous ne devrez plus jamais les chercher. C'est votre tour d'entretenir le feu.

— Ne voulez-vous pas rester encore un moment ? hasarda Luella.

— Je n'ai pas le temps, dit-il d'une voix si basse qu'elle avait peine à saisir les mots. Mais souvenez-vous, si la souffrance traverse votre route, je pourrai toujours vous aider, si l'aide est possible. Je ne promets rien.

Il ouvrit la porte. Elle devait découvrir tout de suite ce qu'elle tenait à savoir plus que tout, avant qu'il fût trop tard.

— Que m'avez-vous fait ? cria-t-elle. Pourquoi n'ai-je plus de regrets pour Chuck — ni pour rien d'autre ? Dites-le-moi ; je comprends presque, et pourtant je ne comprends pas. Avant de partir, dites-moi qui vous êtes !

— Qui je suis ?

Le costume usé s'arrêta sur le seuil. Le visage lunaire parut se dissoudre en deux faces, douze, vingt faces, chaque fois différentes et semblables pourtant — tristes, heureuses, tragiques, indifférentes, résignées — jusqu'à ce que soixante Dr Moon s'alignent comme une série de reflets, comme la perspective des mois remontant dans le passé.

— Qui je suis ? répéta-t-il. Je suis cinq années.

La porte se referma.

Charles Hemple rentra chez lui à six heures, et Luella l'accueillit dans l'entrée, comme d'habitude. À part la blancheur neigeuse de ses cheveux, ses deux années de longue maladie n'avaient pas laissé de traces chez lui. Luella avait changé plus visiblement — elle était un peu épaissie, et elle avait ces rides, autour des yeux, qui s'étaient creusées à la mort de Chuck, un soir, en 1921. Mais elle était toujours ravissante, et son visage irradiait, à vingt-huit ans, une sorte de bonté adulte, comme si la peine ne l'avait frôlé qu'à regret, pour s'enfuir aussitôt.

— Ede et son mari viennent dîner, dit-elle. J'ai des places pour le théâtre, mais si vous êtes fatigué, cela ne me ferait rien de ne pas y aller.

— J'irai avec plaisir.

Elle le regarda.

— Ce n'est pas vrai.

— Mais si.

— Nous verrons comment vous vous sentirez après le dîner.

Il lui passa le bras autour de la taille. Ils entrèrent ensemble dans la nursery, où les deux enfants attendaient qu'on vienne leur dire bonsoir.

Une vie parfaite 9

L'accordeur 65

DÉCOUVREZ LES FOLIO À 2 €

Parutions d'octobre 2005

M. DE CERVANTÈS — *La petite gitane*

Un portrait de femme coloré et romanesque, une nouvelle poétique et baroque par l'auteur de *Don Quichotte*.

G. K. CHESTERTON — *Trois enquêtes du Père Brown*

Trois enquêtes pleines d'humour et de fantaisie du détective du Bon Dieu.

COLLECTIF — *« Dansons autour du chaudron » Les sorcières de la littérature*

Venez danser la sarabande infernale des sorcières en compagnie des plus grands écrivains !

F. S. FITZGERALD — *Une vie parfaite* suivi de *L'accordeur*

F. S. FITZGERALD dresse le portrait de héros insouciants, capricieux et tourmentés, confrontés aux réalités de l'existence, et, à travers eux, d'une génération perdue.

J. GIONO — *Prélude de Pan et autres nouvelles*

Quatre nouvelles au goût amer, quatre textes marqués par le mal qui ronge le cœur des paysans.

K. MANSFIELD — *Mariage à la mode* précédé de *La Baie*

Par petites touches lumineuses et justes, Katherine Mansfield esquisse des portraits pleins de finesse et de sensibilité.

P. MICHON — *Vie du père Foucault — Vie de Georges Bandy*

Deux vies minuscules, ordinaires, transfigurées par le talent de Pierre Michon qui s'attache à restituer le réel avec justesse et lyrisme.

F. O'CONNOR — *Un heureux événement* suivi de *La Personne Déplacée*

Avec une très grande justesse, Flannery O'Connor met en scène des personnages qui ont peur, peur d'eux-mêmes et des autres, et que la souffrance rend méchants.

C. PELLETIER — *Intimités et autres nouvelles*

Quatre nouvelles très noires dans lesquelles le quotidien d'héroïnes ordinaires bascule soudain dans le cauchemar.

L. DE VINCI — *Prophéties* précédé de *Philosophie* et *Aphorismes*

Avec un grand mépris des superstitions et de la crédulité des hommes, Léonard de Vinci, au gré des pages, livre ses pensées, une sagesse pratique et sa vision très personnelle du monde.

Dans la même collection

R. AKUTAGAWA	*Rashômon et autres contes* (Folio n° 3931)
M. AMIS	*L'état de l'Angleterre* précédé de *Nouvelle carrière* (Folio n° 3865)
H. C. ANDERSEN	*L'elfe de la rose et autres contes du jardin* (Folio n° 4192)
ANONYME	*Le poisson de jade et l'épingle au phénix* (Folio n° 3961)
ANONYME	*Saga de Gísli Súrsson* (Folio n° 4098)
G. APOLLINAIRE	*Les Exploits d'un jeune don Juan* (Folio n° 3757)
ARAGON	*Le collaborateur et autres nouvelles* (Folio n° 3618)
I. ASIMOV	*Mortelle est la nuit* précédé de *Chante-cloche* (Folio n° 4039)
H. DE BALZAC	*L'Auberge rouge* (Folio n° 4106)
T. BENACQUISTA	*La boîte noire et autres nouvelles* (Folio n° 3619)
K. BLIXEN	*L'éternelle histoire* (Folio n° 3692)
M. BOULGAKOV	*Endiablade* (Folio n° 3962)
R. BRADBURY	*Meurtres en douceur et autres nouvelles* (Folio n° 4143)
L. BROWN	*92 jours* (Folio n° 3866)

S. BRUSSOLO	*Trajets et itinéraires de l'oubli* (Folio n° 3786)
J. M. CAIN	*Faux en écritures* (Folio n° 3787)
A. CAMUS	*Jonas ou l'artiste au travail* suivi de *La pierre qui pousse* (Folio n° 3788)
T. CAPOTE	*Cercueils sur mesure* (Folio n° 3621)
T. CAPOTE	*Monsieur Maléfique et autres nouvelles* (Folio n° 4099)
A. CARPENTIER	*Les Élus et autres nouvelles* (Folio n° 3963)
C. CASTANEDA	*Stopper-le-monde* (Folio n° 4144)
R. CHANDLER	*Un mordu* (Folio n° 3926)
E. M. CIORAN	*Ébauches de vertige* (Folio n° 4100)
COLLECTIF	*Au bonheur de lire* (Folio n° 4040)
COLLECTIF	*Des mots à la bouche* (Folio n° 3927)
COLLECTIF	*Il pleut des étoiles* (Folio n° 3864)
COLLECTIF	*« Leurs yeux se rencontrèrent... »* (Folio n° 3785)
COLLECTIF	*« Ma chère Maman... »* (Folio n° 3701)
COLLECTIF	*« Mourir pour toi »* (Folio n° 4191)
COLLECTIF	*« Parce que c'était lui ; parce que c'était moi »* (Folio n° 4097)
COLLECTIF	*Un ange passe* (Folio n° 3964)
CONFUCIUS	*Les Entretiens* (Folio n° 4145)
J. CONRAD	*Jeunesse* (Folio n° 3743)
J. CORTAZAR	*L'homme à l'affût* (Folio n° 3693)
D. DAENINCKX	*Ceinture rouge* précédé de *Corvée de bois* (Folio n° 4146)
D. DAENINCKX	*Leurre de vérité et autres nouvelles* (Folio n° 3632)

R. DAHL	*L'invité* (Folio n° 3694)
R. DAHL	*Gelée royale* précédé de *William et Mary* (Folio n° 4041)
S. DALI	*Les moustaches radar (1955-1960)* (Folio n° 4101)
M. DÉON	*Une affiche bleue et blanche et autres nouvelles* (Folio n° 3754)
D. DIDEROT	*Lettre sur les aveugles à l'usage de ceux qui voient* (Folio n° 4042)
R. DUBILLARD	*Confession d'un fumeur de tabac français* (Folio n° 3965)
S. ENDO	*Le dernier souper et autres nouvelles* (Folio n° 3867)
ÉPICTÈTE	*De la liberté* précédé de *De la profession de Cynique* (Folio n° 4193)
W. FAULKNER	*Le Caïd et autres nouvelles* (Folio n° 4147)
W. FAULKNER	*Une rose pour Emily et autres nouvelles* (Folio n° 3758)
F. S. FITZGERALD	*La Sorcière rousse* précédé de *La coupe de cristal taillé* (Folio n° 3622)
C. FUENTES	*Apollon et les putains* (Folio n° 3928)
GANDHI	*La voie de la non-violence* (Folio n° 4148)
R. GARY	*Une page d'histoire et autres nouvelles* (Folio n° 3753)
J. GIONO	*Arcadie... Arcadie...* précédé de *La pierre* (Folio n° 3623)
W. GOMBROWICZ	*Le festin chez la comtesse Fritouille et autres nouvelles* (Folio n° 3789)
H. GUIBERT	*La chair fraîche et autres textes* (Folio n° 3755)
E. HEMINGWAY	*L'étrange contrée* (Folio n° 3790)

E. HEMINGWAY	*Histoire naturelle des morts et autres nouvelles* (Folio n° 4194)
C. HIMES	*Le fantôme de Rufus Jones et autres nouvelles* (Folio n° 4102)
E. T. A. HOFFMANN	*Le Vase d'or* (Folio n° 3791)
P. ISTRATI	*Mes départs* (Folio n° 4195)
H. JAMES	*Daisy Miller* (Folio n° 3624)
T. JONQUET	*La folle aventure des Bleus...* suivi de *DRH* (Folio n° 3966)
F. KAFKA	*Lettre au père* (Folio n° 3625)
J. KEROUAC	*Le vagabond américain en voie de disparition* précédé de *Grand voyage en Europe* (Folio n° 3694)
J. KESSEL	*Makhno et sa juive* (Folio n° 3626)
R. KIPLING	*La marque de la Bête et autres nouvelles* (Folio n° 3753)
LAO SHE	*Histoire de ma vie* (Folio n° 3627)
LAO-TSEU	*Tao-tö king* (Folio n° 3696)
J. M. G. LE CLÉZIO	*Peuple du ciel* suivi de *Les bergers* (Folio n° 3792)
H. P. LOVECRAFT	*La peur qui rôde et autres nouvelles* (Folio n° 4196)
P. MAGNAN	*L'arbre* (Folio n° 3697)
G. DE MAUPASSANT	*Le Verrou et autres contes grivois* (Folio n° 4149)
I. McEWAN	*Psychopolis et autres nouvelles* (Folio n° 3628)
H. MILLER	*Plongée dans la vie nocturne...* précédé de *La boutique du Tailleur* (Folio n° 3929)
S. MINOT	*Une vie passionnante et autres nouvelles* (Folio n° 3967)

Y. MISHIMA	*Dojoji et autres nouvelles* (Folio n° 3629)
Y. MISHIMA	*Martyre* précédé de *Ken* (Folio n° 4043)
M. DE MONTAIGNE	*De la vanité* (Folio n° 3793)
E. MORANTE	*Donna Amalia et autres nouvelles* (Folio n° 4044)
V. NABOKOV	*Un coup d'aile* suivi de *La Vénitienne* (Folio n° 3930)
P. NERUDA	*La solitude lumineuse* (Folio n° 4103)
K. OÉ	*Gibier d'élevage* (Folio n° 3752)
L. OULITSKAÏA	*La maison de Lialia et autres nouvelles* (Folio n° 4045)
C. PAVESE	*Terre d'exil et autres nouvelles* (Folio n° 3868)
L. PIRANDELLO	*Première nuit et autres nouvelles* (Folio n° 3794)
E. A. POE	*Aventure sans pareille d'un certain Hans Pfaall* (Folio n° 3862)
R. RENDELL	*L'Arbousier* (Folio n° 3620)
P. ROTH	*L'habit ne fait pas le moine* précédé de *Défenseur de la foi* (Folio n° 3630)
D. A. F. DE SADE	*Ernestine. Nouvelle suédoise* (Folio n° 3698)
D. A. F. DE SADE	*La Philosophie dans le boudoir* (Les quatre premiers dialogues) (Folio n° 4150)
A. DE SAINT-EXUPÉRY	*Lettre à un otage* (Folio n° 4104)
J.-P. SARTRE	*L'enfance d'un chef* (Folio n° 3932)
B. SCHLINK	*La circoncision* (Folio n° 3869)
L. SCIASCIA	*Mort de l'Inquisiteur* (Folio n° 3631)

SÉNÈQUE	*De la constance du sage* suivi de *De la tranquillité de l'âme* (Folio n° 3933)
G. SIMENON	*L'énigme de la* Marie-Galante (Folio n° 3863)
D. SIMMONS	*Les Fosses d'Iverson* (Folio n° 3968)
I. B. SINGER	*La destruction de Kreshev* (Folio n° 3871)
P. SOLLERS	*Liberté du XVIII*^{ème} (Folio n° 3756)
STENDHAL	*Féder ou Le Mari d'argent* (Folio n° 4197)
R. L. STEVENSON	*Le Club du suicide* (Folio n° 3934)
I. SVEVO	*L'assassinat de la Via Belpoggio et autres nouvelles* (Folio n° 4151)
R. TAGORE	*La petite mariée* suivi de *Nuage et soleil* (Folio n° 4046)
J. TANIZAKI	*Le coupeur de roseaux* (Folio n° 3969)
J. TANIZAKI	*Le meurtre d'O-Tsuya* (Folio n° 4198)
A. TCHEKHOV	*Une banale histoire* (Folio n° 4105)
L. TOLSTOÏ	*Le réveillon du jeune tsar et autres contes* (Folio n° 4199)
I. TOURGUÉNIEV	*Clara Militch* (Folio n° 4047)
M. TOURNIER	*Lieux dits* (Folio n° 3699)
M. VARGAS LLOSA	*Les chiots* (Folio n° 3760)
P. VERLAINE	*Chansons pour elle et autres poèmes érotiques* (Folio n° 3700)
VOLTAIRE	*Traité sur la Tolérance* (Folio n° 3870)

H. G. WELLS — *Un rêve d'Armageddon* précédé de *La porte dans le mur* (Folio n° 4048)

E. WHARTON — *Les lettres* (Folio n° 3935)

O. WILDE — *La Ballade de la geôle de Reading* précédé de *Poèmes* (Folio n° 4200)

R. WRIGHT — *L'homme qui vivait sous terre* (Folio n° 3970)

Composition Nord Compo
Impression Novoprint
à Barcelone, le 10 septembre 2005
Dépôt légal : septembre 2005

ISBN 2-07-030937-1./Imprimé en Espagne

137153